小乐子的人生智慧 ❶

乐嘉 著

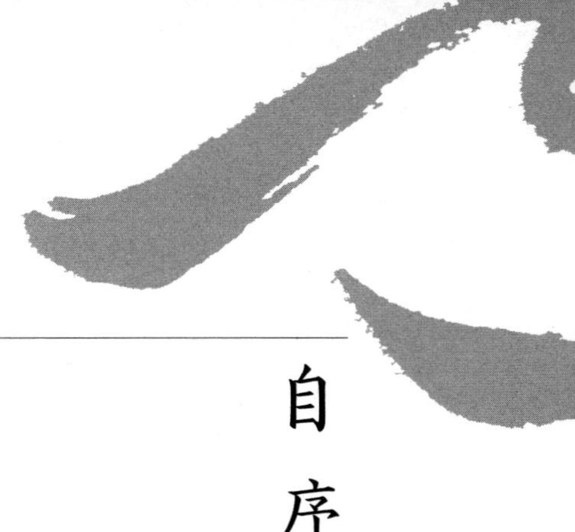

自序

写微博之初，记灵感、录所见、发牢骚、诉衷肠，聊以自恋。未想一发不可收，日益成瘾，投入无数。晨起而写，入梦仍织，为伊憔悴，被其所控，患重度相思病。因字数受限，短句难以承载宏大的叙事，亦无法阐明复杂事件的全貌，这当中，难免被人断章取义口诛笔伐，引发烦恼。好在，一直以来，我时刻都在做真实的交代，故字字句句坦白实言。

“人在江湖”：记录我个人的点滴经历，都是想到哪里说到哪里，随意不拘。因骨子里痴迷武侠梦，对于“江湖”二字，我总有莫名好感，如有来生，愿一直待在那虚幻的武侠世界里，永不归来。

“情色男女”：专谈男女，不谈性事，只谈情事。有些媒体因电视的影响力总喜欢给我冠以“情感专家”之名，想用这个帽子压我一辈子，我誓死不从了许久，依旧寡不敌众。既然不情愿没啥用，俺就强装笑颜学会享受，对痴男怨女说东道西，其实，说的都是我自己曾经、正在经历和心中幻想的事。

“当头一棒”：算是我对“情色男女”的抗争。常谈情事，既与所做节目性质息息有关，亦与我好色之心密不可分，但情感之事再大，也不过人性一角，人心种种，岂能一语道明？故继续聊除情感外的各种人性冲突，挖掘内心，直至底部。若阁下对男女之事早已心灰意冷，连谈论都觉得索然无味意兴阑珊，不妨多观察人性诸相，总比如烟八卦有价值。

“指东打西”：分享我对世事的观点和态度。我曾被斥没有社会责任感，被质疑为何不每天振臂高呼议论国事，总谈些风花雪月。然而看客却未必知晓“主战者未必勇，主和者未必怯”。我努力在自己有限的狭隘视野内，以所学助益世人，假以时日，自有公论。

“众目睽睽”：侃电视生涯。你所看到的电视呈现，往往并非事物的全部真相，可惜我们日益浮躁，浅尝辄止，没兴趣深究。作为半道出家的跨界者，我常在节目录制和播出中思绪迸发。录制时，对不为人知的隐秘做记录；播出时，对没被咔嚓掉仍能活着面世的部分发感慨。其中包括了我参与的《非诚勿扰》《老公看你的》《不见不散》三个节目。

“以牙还牙”：有段时间在网络上做微访谈，像国际象棋大师盲棋车轮战般，平均 1 分钟要搞掂 10 个问题，被逼出一些“以牙还牙，以眼还眼”的短平快段子，走的是一指禅的路线。事后看看，东西不多，有点好玩，就留下了。

本书因要配图，删节不少，犹如挥刀自宫多次，每挥一次，不仅肉痛，心痛更甚，痛到最后，已然麻木。书中有相当多的内容与性格色彩专业有关，为保持风格统一，悉数搬移，留待后用。这样，就使得本书成为我首部基本未提到性格色彩却遍布个人烙印的书。有人早就言明：“小乐子，这本书就是写给那些对你还算有好感的人看的，这些人可能压根儿就无所谓什么性格色彩。”听罢，心虽未如刀绞，然五味杂陈。若喜欢我个人胜过喜欢性格色彩的你还算是喜欢本书，那我还真必须向你言明，你所见本书除“人在江湖”外的所有观点，皆有性格色彩融入。

“一切有为法，如梦幻泡影，如露亦如电，应作如是观。”被不了解我的人们喜欢，多仗电视之力将个人形象放得高大，有朝一日此人不在屏幕上出现，幻象皆无，斤两立现。唯愿此书的自剖胸腹坦白实言，可与读者诸君产生些许共鸣。

目录

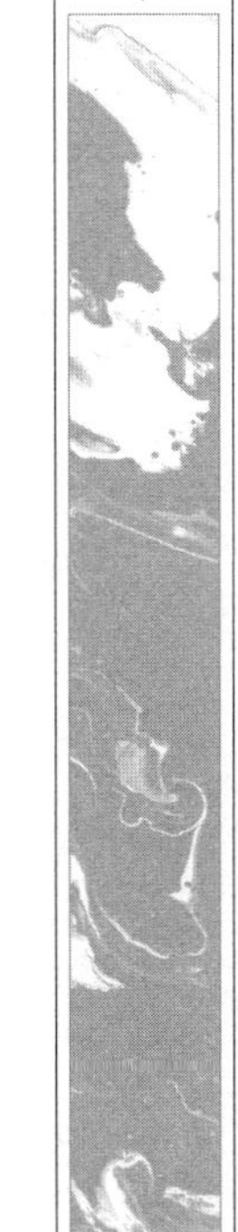

人在江湖
在江湖上混得久了，
笑容逐渐变得邪恶了，
并有日趋邪恶之嫌。

游侠重出江湖

在下乐嘉，半老男儿一枚，1975 年 5 月 16 日子时生于上海，两月后随爹娘至陕西富平庄生活了 12 年，13 岁寄读于上海某边缘中学。其后回归祖籍，求学于宁波某中专，混读金融专业，除了一手好算盘，啥也没学会。1991 年 5 月踏入江湖，一路蹒跚走来，凡有恩于我者，心中有数，铭记在怀。

多数人所知所评都只是我的表象，若真想知我是什么东西，至少需要做三件事：听一次我的演讲，参与一次我的培训，看一本我的书。我一生无论在舞台上、在文字里还是在荧屏上，都努力真实。野外原本是撒野的好去处，现在因为活得太不自由，去得少了。

假设你我素不相识，如果你喜欢我超过喜欢我的书，那将是你的遗憾。如果你喜欢我超过喜欢性格色彩，那将是你最大的损失。

做大事者，都会放权，不会事必躬亲。我在微博上玩的时间太多，遣词造句比写博客还费劲，几次找助手打理，不到一天就把人挤走，自己赤膊上阵。归根结底，还是享受自写自淫自醉的过程，难怪不成大器。

十年前，我跟着安振吉老师学了半年表演，认为自己完全不适合这个行业，于是收手，继续回到演讲与培训上。很多人以为我在演讲时的表现力得益于学表演的这段经历，其实，学习表演只对我掌控演讲力度和节奏有帮助，但对演讲的热爱、对听众的热爱，以及愿意死在台上的心与生俱来，后天无论如何都无法训练。

友人与我打桌球，水平高我一大截。战局过半，我惨败。他指示了若干方向，善意地点拨我“打这几个”，我缓缓抬起沉重的头颅：“你这样说，让我越发觉得自己技不如人，无异于侮辱。”随后，击了另一个完全错误的自尽球。死不足惜。我的这种对抗在生活中常见，是对于尊严的维护，是对于误会的报复，是对于不理解的愤懑。

很多人痴迷于武侠小说，听武侠音乐，包括网络游戏中的音乐，翻来覆去，不知疲倦也从不厌烦，有相当大的原因是不想去思量很多无力改变但客观存在的灰暗。在虚幻世界中，可以精神愉悦，可以幻想自己是大侠，可以自我感动。我就是这支大军的一分子。

武侠小说看至兴起，拍案提刀，飞身上马，前往桃花岛。路过普陀山圆通寺，见一语，“终日笑语虽世事纷繁能放下即为解脱”。众圣皆言放下，众生为这两字苦苦修炼一生。今日这厢恩爱甜蜜，明日却反目为仇，世事难测，只需静观。

读武侠小说，是因我逃避现实，向往我想去而去不得的时空，我想成而不能成的大侠。迷恋黑夜，是因为这能让我自疗、自省、自观。

武侠书我百看不厌，有两种情节已刻印脑中根深蒂固且反复回放：其一，落魄小子经过各种奇遇、无数劫难成为一代武林高手；其二，某侠义之士拯救青楼女子于水火之中，最后终成连理。这两个情节对我全方位的影响之深，是在我洞见自己和回放历史时，陡然发现的。

我这半生，在最绝望无助时，所幸尚能“相信”。正因“相信”，总有“信任”者出现；而我所能做的全部，就是对“信任”

我者予以毫无保留的回报。所谓受人滴水之恩，该当涌泉相报。故此，你落魄时，你要时刻“相信”；你得意时，你要选准对象“信任”。即使遇人不淑，你仍要学会“信任”。

我计划在有生之年到某处森林中造个小木屋，以种田狩猎为生，这是出于对现世的本能逃避和对原始生活体验的向往。须知，欲念是痛苦之源，克制欲望则是通往幸福之路。当我们忘记攀比，省掉不必要的开销，用低要求的简单方式生活时，才可得到真正的心灵自由。

原则上，对人的“大爱”无法培养，好比至情至性也无法培养，此乃人之天性。但如有机缘常与底层的淳朴民众交往，

乐宅

定可被拨动心弦；常被炽热之人感染，也可微增情感热度。有志助人者，无需对全人类的大爱，能有小爱，从助身边之人开始，让喜悦蔓延，自然神清气爽。这个世界不需人人都是英雄。

参加一个活动，主办方张罗了一群人敲锣打鼓怀抱鲜花在机场候着。我来时为躲避关注，一路上咬牙穿着长衫，戴着帽子和墨镜，被他们这么一搞，前功尽弃。之前早有交代，但主办方强烈认为我是假客气，天下哪有不盛情迎客的道理？故执意传递自己的热忱，似乎不这样就不地道。其实，还是那句话：给别人他需要的，而非你自己喜欢的。

烈日下，在赛车场录节目，当地某电视台致电节目负责人希望采访，我因拍摄任务太重，不便接受。对方无比执着地继续联络江苏总台宣传部，未获同意。少顷，一车疾驰，记者摄像数人呼啸而来，欲强采。吾等开会，劝其不走，只能不理。终，我被冠以耍大牌的帽子：态度，哼哼；品行，哼哼。

常有人充满疑惑地、傻傻地私信问我："是真的乐嘉吗？"我不知怎答，只能保持沉默。若我答"是"，显得我和问者一样；若我答"否"，又不是事实。还是干洗店的两个大姐好，刚送衣服去，招呼我："侬今朝录音介快录好啦？"我惊恐地注视她们。"勿要紧张，阿拉是侬微博粉丝呀……"

林冲因为老婆漂亮，没招谁惹谁，被设计诱入白虎堂，可谓飞来横祸。你安心过你的清净日子，总有人要来烦你。古人有寓言：蚊子叮狮子，狮子不停拍打，最后活活累趴，让其他狮子耻笑，还让蚊子得意，高叫："看我多牛啊。"故最好的方法就是：要么一掌拍死它，要么你安静地等着后面的蜘蛛干掉它。

机场检票小妹瞄了我一眼，拿过证件仔细端详，突然手按胸前倒吸一口气，眉头紧蹙。我静静地说："你有心绞痛吗？"

金刚怒目
菩萨低眉

她低头下螓首轻语:“你长得太凶了。”不知怎答,良久挤出一句:“金刚怒目所以降服四魔,菩萨低眉所以慈悲六道。你是菩萨,我是金刚。”

《南都周刊》问:“你在爱情中给自尊心的空间有多大?也就是说你能低到什么样的尘埃里去?”回忆过去,我的爱情有不少就是因为要维护自尊,所以破裂。作为一种习惯放大自我感受的性格,自尊是“自我感受”中最核心的部分。牺牲自尊,意味着对自己全盘否定,为了爱情我也无法做到。

在南通夜游中国七大护城河之一的濠河,景胜秦淮,船老大是我的读者,见到我一阵雀跃。刚路过文化广场,被在当地

一大学教书的日本老师认出。我对戴顶帽子还被抓住深感诧异，问他所用何法。日本长者答："只看到你的眼睛。"旁边他的学生说："这么热的天谁会戴帽子？"

常看到一些人在生活中大喊大叫，希望证明自己是冤枉的、委屈的、被误会的，因此才愤怒。我常瞧不起他们，心里想：你有本事，就证明对方是错的。我时常鄙视自己的原因之一便是，当我遇见类似事情时，采取的方式也是如此，完全未见丝毫高明。

和人打赌，自称一口气吃下 18 个包子，说时神色凛然，自诩置之死地而后生，貌似真英雄，其实毫无意义。除了证明自己是饭桶和伤自己胃的无知者外，这种人多色厉内荏，空有动嘴之功。我年轻时最多吃下 15 个包子，就是这种人。

一个人经常暴怒，只能说明他充满了无力感。我每遇小事必跳，遇大事常无反应，说明我除了灵魂最深处外，基本是无力的。

光头若善待，妙用则无边。可磨刀霍霍，可当烛夜读，可取火点烟。下可唬人装黑道，上可披袈做和尚。

多年以前，我为自己卜了一卦，卦象显示我能凭借一腔热血做点事，但做不成大事。盖因成大事者，能抛开自身爱恨情仇，只讲长远利益；能不论动机好坏，只论结果；没有永远的敌人，只有永远的利益。我总强调理想与道德，总强调“我若对人善，人必对我善”，总希望被人们理解，所以就这点出息。

出版社姑娘兴奋地说今儿南国书香节“乐嘉色言色语”的活动规模仅次于香港的蔡澜先生，在整个书展排行第二，我听闻，背后一丝凉意——架得高容易死得快。以前我被安排在犄角旮旯的地方，我就希望自己争气，销售凶猛，让人最后弹眼落睛；现在被人瞧得起了，却觉得自己才气差得老远，终日惶恐，夹着尾巴。

《宜兴日报》的小记者是12岁的学生，今早签售前问我如何看待早恋。我问她有男朋友吗，她难为情地回答还没有。我说孩子莫羞愧，我那时也没有。不过我10岁时，喜欢的女孩每天放学回家总是和另一个男孩一路，我在后面一直跟踪，心痛如绞。孩子对异性有感觉，很正常，不用当洪水猛兽，自然会过去。

有个兄弟发信给我："看了您五本书，解答了我当前最大的困惑，对当初看节目时心里骂你太狠，深感歉意。"答："兄台何需道歉？ 1. 因你，我赚了几元版税，当然前提是你没买盗版书。2. 你从恨到爱，证明了性格色彩的功力。3. 把此事告我知，让我小爽一把，足以证明你宅心仁厚。理应感激兄台。"

我努力工作，从不敢让自己有丝毫喘气和停歇的原因是：我不想哭泣，我恐惧孤独。

搭讪是有技巧的，不是按照你觉得 OK 的方式搭，而是要知道对方喜欢什么，然后按照对方喜欢的方式搭！我最喜欢人家勾搭我的方式是："光头老师，我看过色书，有几个问题不明白，想请教。"你叫我贼秃也无妨，这些都是外相。你可以不认同我的观点，但关键是你的态度，至少让我觉得你对我所热爱的东西有所尊重。

我特别害怕被人抓住，然后要求在一张空白纸上签名。凡遇此必签六字："此非欠条。乐嘉"。

我小时候在陕西生活了 12 年，作为陕压厂的子弟，度过了我童年和少年的大部分时光。我记忆中最高级的美食是蒸馍夹着白砂糖和猪油；奢侈一些，老妈一个礼拜会煎个荷包蛋犒劳下我们……

我打第一份工，是在银行做会计。那时毫无自由，每天窝在柜台里面,全部的梦想只有一个——能做份天天出差的工作，不固定地方干活又可顺便旅游，没啥比这更幸福的了。如今我一天飞俩城市，既没时间玩也怕出去被人玩，没有自由。所以，人生梦想会随境随心而变……

小会计，大梦想

扁鹊之兄神乎其技，可悬丝搭脉治你五年后将患的顽疾，但显然不如家中医术最弱的只能治现病的扁鹊吃香。所以，人们自己不经历苦痛折磨，轻易得来的东西就不知道珍惜，看重眼前利益往往胜于长远的。我喜欢给受过和正在承受苦难折磨的人培训，胜过给不经世事者，道理正是如此。

今收到无数节日祝福短信，均为群发。凡收到群发短信，概不回复。越是文字煽情，越觉毫无必要！发此类短信者，自诩已广泛关照友人，殊不知流于形式，还不如不做。

对群发短信的观点得罪了我的一些好友，今在小破庙见一副对联："有意进香何须远朝南海，诚心礼佛此处便是西天。"

有一天，当你穿上婚纱时，我已披上袈裟……

如果有选择，我一定不会自己做公司！实在烦人。对做老板这事一根筋热衷的男女多数难免狭隘，不知世界有多大，被成功学打了鸡血。其实，能从事自己热爱的工作，就是一种美妙的幸福。

不幸和幸福，我更喜欢探究不幸。因为我的心理足够阴郁和消极，故此当我遨游在更多黑暗中时，不被侵蚀反被滋养，并可幸运地从不幸中学到教训、寻求幸福。此乃反道。正道之法，亦可从幸福者中汲取精华。不过世间许多自诩幸福者是装的，外表光鲜，内心苦不堪言，你要小心分辨。

看《唐山大地震》时有位中年女士坐我旁边，边看边嘎嘣嘎嘣吃爆米花，房子倒了，现场惨绝人寰，她还在那里大嚼特嚼。我边告诉自己要宽容，边按捺住了十几次想一掌震死她的冲动。她吃到二十分钟时，不吃了。还好，我不用杀人了。

除了在演讲舞台和节目录制现场，其他一切繁杂喧嚣的场合都令我感到惶恐和不安。参加友人婚礼时，我突然发现，在一群人中穿梭，如鱼得水地交际时，自己是那么木讷、紧张和不自在。我宁愿龟缩在自己的小窝，享受自怜自艾……

那年凌晨我和女友电话大战，要分手，我发急，准备突然现身证明我多么爱她。当天无直达成都航班，到重庆的只能清早等候补。我飞到重庆后连续坐四小时大巴到成都，惊喜成功，两人和好，但我的代价是错过已等了三年的某个全国会议。我的事业机会没了，和她的关系本质上也无进展。所以，冲动，害了我很多年。

《多情剑客无情剑》有语："世上绝没有任何一个男人能真的了解女人，若有谁认为自己很了解女人，他吃的苦头一定比别人更大。"我吃苦多，看来实属活该！

在江湖上的这20年，我时时顶着怀疑与打压。每当如此，尤其是置身于一群觉得自己很牛的名流之间，内心狭隘并把自己感受看得太重的我总是涌起强烈的复仇欲，希望他们付出代价。故此，我总是恶毒地希望，等到将来他们婚姻不幸、儿女叛逆、事业崩溃时，就知道性格色彩对他们的真正意义了。

年关将至，把自己关起来，闭门思过。哪儿也不去，谁也不见。关掉手机掐掉网络，就提着纸笔，想想这一年得到了什么，付出了什么，犯过什么错，体验过什么，拥有过什么幸福，感受过什么痛苦。问这些是自己想要的吗？问明年自己想干些啥。这一天，弥足珍贵。一年连这一天也没有，你就废了。

最近几年，每年的正月初一，我都强迫自己在奋笔疾书和工作中度过，除了不知道自己还能做什么外，还有一个原因：我始终觉得自己还不够努力，还要更变态些。当别人玩的时候我能多干一天，就比别人多赚了一天的时间，安全系数也大了一点。因为对于未来的高度不安全感，让我不敢懈怠，有如发条般生活。

好友萌在凌晨发短信说:“想你了。”回:“你怎么了?”答道:“时而压抑,时有困顿,无以表述,发短信为单纯之呐喊。没事,你忙你的。”回:“有妻抱,有妞泡,有活干,有肉吃,有书看,有若干真闲情,神经时半夜亦有兄弟可发短信,该当谢天谢地。”

“春水碧于天,画船听雨眠。垆边人似月,皓腕凝霜雪。”这是我现在所能想到的最美的画面,希望你最终能平静地生活在这样的画面里。茫茫人海,不管善恶对错,你都那么特别。新年,愿新事发生……

有车且有时间出去玩的人总标榜自驾族最热爱大自然,其实真正喜欢大自然的是单车族,但单车族在暴走族面前也会汗颜。所以是否真正喜欢大自然与户外、与钱无关,很多有装备的人只是叶公好龙,自我感觉烧钱很酷。

距格雷茅斯还有 70 公里时,小女娃坐不住了,问还有多久。我说:“你从 1 数到 2000 就到了。”小娃报:“1,2000,好了。”我说不能投机取巧。“好吧,1,此处省略 1998 个数字,2000。”娃娃得意地想走捷径。我在想,如果她能义正词严冷冷地问她如果真数完了,还没到怎么办,我也不会有胆调侃她。

嗨
抛锚
咔
咔
咔

本周，生平头一次右驾，生平头一次坐直升机，上车和上机前，以为自己会激动，可惜并非如此。不得不承认自己老了。理论上，年纪与你激动的频率成反比，能让你激动的事和人会越来越少。因此，让中外政坛老干部们翻船的，多是让他们真正激动的。这方面，女人要比钞票厉害。

单身自助游女孩，以为新西兰的洋人个个都像他们养的羊那样温顺，路边搭便车，惨被两毛利人劫持至山中强暴后扔于路边。想起朋友到疆藏一带旅游，入一寨，寨民好客，寨中鲜有男人，被灌半醉，次日两腿发软但神清气爽。故单身出游女不如男，除非你身怀绝技。

有一个未曾谋面的朋友突然死了，就这样，还没等我反应过来，人就已经没了，消失了。我就一直在琢磨，如果我现在死了，还有什么遗憾的。赶明儿要先写好遗嘱，用有限钱财把该安顿的都安顿好，找个靠谱的医院做精子冷冻术，手里的书稿整理干净，写不完的留给后人做，那些秘不能宣的个人手记封存带走。

当年在宁波"小百花"玩多了，不好好学习，一直搞不清楚"我家有个小九妹"和"天上掉下个林妹妹"唱腔前几句的差别有多大。本有机会在节目中宣传下传统戏曲，结果自己没有料。所以，所有你认为不重要的经历，在未来的人生中，都会出来报复你，让你后悔当初不努力。

审了六遍的新书还有小问题需要继续修改，我向出版公司申请失业那天可否收留我做文字编辑。突然，我发现自己享受这种变态——沉浸在不断挑出错误的快感中，并在修改中不停变化，力臻完美。

做事上，我自认有变态的苛刻，但比起黄色性格的凶狠来，我只能算小巫见大巫。他们奉行的工作法则是：要么精彩地活，要么就赶紧去死！

数日在乡村，上不了网，换来短时间“眼不见为净”。眼既净，心随之静。此中关键，并非东西不存在了，客观上真的见不到，而是不想见。所以净不净是你的选择，静不静也是你的选择。

五年前在上海，与当时因央视某节目享誉江湖的一位前辈同场签售，所有人都被他压制得体无完肤；五年后在南京签售，

与前辈重逢,借我主持《非诚勿扰》的狗屎运,场面上超过了他。其实，河东河西各领风骚，都只有几个月，用不了多久，谁都是个屁。晓松风光时，无数人追捧，酒后跌了跟头，亲近之人纷纷疏远，想来心寒。名利场险恶，脆弱者慎入。

2009 年 3 月 29 日，翻车于大理到昆明途中云龙县盘山公路崖边，被阎王爷放回。今日再到昆明，拜谢上天再生之德。愿将每天当成最后一天来过，少怄气，多积德。

12 年后，再到天津。当年只有 20 元却要和女友过一个礼拜的日子历历在目。感谢那段岁月，每一段艰辛都是成长必须经历的。不是任何人都有经受磨难的机会，如果你碰到了，莫逃。

你浪费掉了太多自以为是又狼狈不堪的青春。那里，有笑有泪，有自信有迷茫，你伤人也被人伤，难免颓废与寂寞。也许你会坚信自己与众不同，坚信世界因你而变。你以为自己长大了，但突然发现，长大需有勇气、担责任、变坚强，以及做某些妥协。在生活面前，其实也许你从未长大。

过去我曾想过被人包养，可以不用那么累，但怕被包养者控制，怕被兄弟们瞧不起，更怕以后被我自己鄙视，所以没行动。其实真正重要的是没人愿意包养我，只能自己摆平自己。

当你很穷时，当你很弱时，很容易自卑。一个正常的眼神，一句平常的调侃，都会在瞬间被你放大感受，认为是对方的侮辱，而忽略了事情的真相。现在我穿补丁裤完全不介意别人盯着看，多有个性啊；以前我怕同学看到，笑话我爸妈没钱。

学生劝我不要总想着去死，我说似我这般胆小如鼠、惜命如金之辈怎会想死。又被问那为何总提死，我说生死之道皆由

天定，经常提点方可通透。再问为何情绪有波动，我说有波动者深知情绪涟漪的影响，再知明察一丝一毫起伏之重要，最后方知引导之法。自剖内心，以示众人。

无论我在做什么，我只是一个“性格色彩”送奶工。在做

这事的过程中，我自认为扮演得尚算不错的是两个角色：演说者，培训师。尚算称职的一个角色是写作者。其他所有的角色都是票友性质，虽然我不能算不努力，但都是懵懂起步，都需要漫长的岁月才能达到前两个角色我目前所在的高度。

一个网友骂我毫无社会责任感，作为公众人物，在微博上

除了性格色彩外，从来不探讨国内外大事，充满庸俗感与商业性，枉费了他对我的关注。面对此兄的愤怒，我羞愧于自己的能力有限和胆小如鼠，只能说：1. 鸿鹄之志是做了之后才能显露出来的，没做之前都像燕雀。2. 有多少力做多少事。3. 济世者须先助人，助人者须先助己。

对某些人而言，朋友是恩人，没有朋友的鼓励自己活不下

去。对另一群人而言，敌人则是自己成长的助推剂，他们在战斗中成长，正因为敌人的进攻，他们期待看着敌人倒下的那天。只要你成长，必会有敌人出现。我年轻时一直发誓等厉害时要

血刃我的情敌；年老了发现，当真有力量时会明白，敌人有时也是成全你的人。

当年在安徽歙县古墙角落见一语，铭记于心：“让你的灵魂

中有历练后的澄明，让你的骨子里有高贵的忧伤。”

每每贪婪时、嫉妒时、羡慕时、愤愤不平时，就想起2009年悬崖边翻车捡了条命回来，现在的一切都是白得的，有与没有都是天意。这是宿命论在自我调整时的好处。

有人问为何我文字中总喜用“屁”字。因我肠胃不好，

吃饭太快，生活中总放它。不过问者可宽心，放它之人亦有放品放德:有人在，绝不放，怕坏了名声，宁可让屁自己倒流。被子里不放，怕坏了性欲，定会放在被子外面，绝不熏了自家人。

每个人对同一个词语的定义和理解不一样！事实上，我认为自己是个可怜的家伙，经常会提及自己的苦楚和哀怨。这一方面能宣泄情绪，缓解压力；另一方面，呈现我脆弱的心，可以得到朋友们的关怀和慰问，这会让我好受些。我需要“怜悯”，但如果你将这个词理解为施舍和同情，当然只会发生错位和误会。

神仙别无法，只生欢喜不生愁。

欲成仙，别无法，只生欢喜不生愁。我少时读《封神演义》，终日幻想成仙，现早绝了此梦，但仍无法优哉游哉。干什么事都用力太猛，求胜之心太切，狂妄肤浅，静坐时片面追求灵魂出窍，健身时片面追求肌肉，拔苗助长只求速效，损伤无数，犯了大忌。如今方知道家“不勤不怠”、佛家“不增不减”、儒家“勿助勿忘”乃同理。

每次飞机上看窗外，总想在云上走。但若真有那天，独活太空，虽逍遥，却不能与众仙饮酒，亦不能下尘世间与众人分享，乐趣全无。所以我总是如此，喜幻想，想法多怪力乱神，不过很多也就是想想，满足下自己做梦的情怀而已。

并非所有人都能读出你眼神中的脆弱、敏感和神经质，遑论读懂。很多时候，你不可能期待这个世界来理解你，有些理解可遇不可求，无须期待，只需前行。

媒体问："有人搞你，你出手吗？"我说："最近开刀，腿

脚不便，动弹不得，天天出的是手。”他问：“那你什么时候出手啊？”我说：“出即不出，不出即出。”他问：“你在逃避吗？”我说：“你怎么这么关心？”他说：“你不出手，打不起来，俺们没饭吃啊。”我说：“这几天，国事纷纭，国事大，私事小，先关心国事，再关注私事。”

打假要有目的。如果打假不是为了惩恶扬善，只为打而打，人们终将远离。俺一介草民，只想好好教书，多帮点人，来世能有善报。如有一天我不幸被逮住了把柄，绝不奢望被放一马。但你要小心那些也许是为了一己私欲而罔顾事情真相，刻意打造自己权威的人。

吾人生不同阶段受益于多位贵人和老师。贵人之恩，自当涌泉相报。举凡传吾道、授吾业、解吾惑者，无论长幼，皆为吾师。神交远方之师，即便受益于一文一语，亦当记挂于心；手把手提携之师，启吾慧根，虽不至于终身为父，却当铭记感恩。

如果能再活一次，在刚出江湖身无分文时，我希望自己能更彻底地抛弃那种对没有稳定全职工作的惧怕，一段时间旅游一段时间工作。可惜，我在很漫长的岁月中一直胆怯，担忧没饭吃，不知道离开熟悉的环境是否还有能力继续活下去，或者

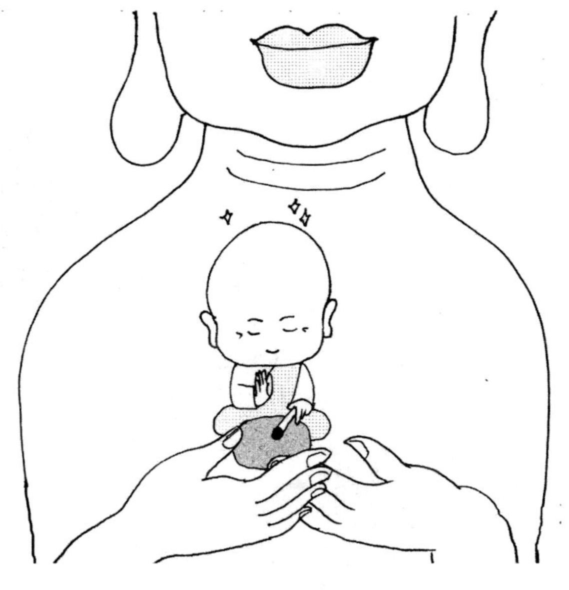

认为可能过得还不如原地不动。如果我走得更早，我对这个世界的认识会更多。

从吉林回，迄今自驾走了 12 条线路，长则 30 天短则 8 天，浙闽粤桂贵湘赣、陕甘青宁、苏皖豫陕渝、黑吉、四川、云南、河北、新疆、山西、海南、台湾、新西兰。论公路，从青海至甘肃一段最壮观;论文化触动，台湾最强烈。看了《极限特工》，真想转行，可惜老骨头折腾不动。人生是有很多选择，但有时，选了就选了。

谁见幽人独往来，
缥缈孤鸿影……

年初，有机会演一个少林寺的和尚，这事我梦想有一阵了，或和尚或大侠或山间野路的行走者，都能满足我的流浪情结。可惜要耗半年时间，机缘不到，只能作罢。但只要有梦，梦不死，总会圆的。

一条路的终点就是另一条路的起点，一个圆的结束就是另一个圆的开始。

喜欢写书，主要缘于有很多话不知对谁讲，很多想法不知怎样讲，不如关起门来，记下，对自己讲；另外，我的虚荣心驱使我多写点东西，以获得他人对我才华的认可，对于多年来遭受的打压和不认可，我还存着反击和证明之心。所以我仍在乎这些外相，还达不到“人若无求品自高”的境界，还有很多苦头要吃。

大起大落的人生，充满激情和折腾，狂喜和悲痛交相辉映，难有真正的快乐；唯有在淡泊恬静的氛围中，真正的快乐才能常驻。前半生，我从未停止折腾，见了太多折腾者的悲哀和落寞；后半生，要开始学会享受生活中的单调乏味。前半生，我总企望将来会更美好；后半生，要重视当下的每一刻。

痛苦时，我唯一想做的是喝酒，唯一能做的是回忆，唯一可做的是写字，唯一会做的是咀嚼痛苦。

没什么比写书更苦，我每次想放弃的时候，就想到过去所付出的一切，如果不将其记录下来，世人并不知道当中的原委和艰辛。在我做成的那天，希望有人可以问问我，我这样一个好动的人如何强迫自己学会和孤独对话，能忍受外界的诱惑，甘愿在灯下枯坐。这种特质于我而言，远比我的激情更可贵。

老乐先生昨梦，遇见庵中茶僧。放下茶壶离座，飘忽一杖赴少林。万里远行好苦，乃因识得重轻。梦醒披衣开窗，谁人知我心情？

有人劝我“放下心中执着，快乐便很简单”。我说，我也知“不妄想，不分别，不执着”，我也知莫要贪嗔痴，但放下执着而不舍弃梦想的法门暂未找到。也许我得到小快乐，却

要舍弃大快乐。有时，痛苦有痛苦的快乐。也许，这就是苦行僧的快乐。

学友问为何总有人骂我。答:这些人的心态大抵如下。1. 要与众不同有个性，凡是你们说好我就要说不好，你们说不好我就要说好。2. 只要开骂,必有人应战或关注,这样自可大吸人气。3. 在其他性格分析门派学艺不精，为说明自己牛 ×，必须说别人傻 ×。4. 满腔热血护正义,总觉得他人都是痴的愚的被骗的,自己最聪明，其实屁都不了解。

女娃儿追星，追得功课一塌糊涂，俺对她说:“闺女，你就是最大的星。你将来的星比他要大得多，咱根本不用追他，等着他来追你的那天吧。你成为太阳，所有的星星围着你转；你若是微尘，连星星的毛都追不上。”

在女星中，我此生狂迷过的只有两人：潘迎紫和李若彤。两人的共同特点是当年都曾演过小龙女，我当时是日思夜想，但因为她们在我心中是仙女，绝不敢像看三级片时那样对她们有淫邪之念。可惜那时我觉得这辈子根本没可能遇见她们，戏播完后，就慢慢淡了。这足以说明，我是假追星。

求签名

某观众追进厕所，不待我拉上拉链，就拿出一本《让你的爱非诚勿扰》，殷切地抓着我签名，让我尴尬之余好生感动。定睛一看，居然是盗版！我慢慢地抬头看了他一眼，他仍在那里认真地微笑，流露出真心的期待。我不忍伤他心，违心地无原则地签了，但内心是说不出的悲与愁。您可去泡妞，但请不要逼我高唱《爱国颂》送您去泡妞。

我做性格色彩培训这些年，一直被兄弟们问，为何不去关心和学习吸纳其他的性格分析系统，这样才可知己知彼百战不殆。我说，你连自己的独孤九剑都没练好，何必去学其他的？想当年，乔峰凭一套太祖长拳就能在聚贤庄打遍天下高手。能不受外相所惑，心无旁骛地专注一事，达到巅峰，此为人生中最难。其实，万事相通。

某人向我抱怨他老婆天天向他讨表扬，让他烦躁不堪。我特别羞愧地向他汇报其实我也这样，没事就把同事抓到一起相互吹捧，对于索取赞美有极大的耐心和热情。常用句型是："你说说我最近怎么样？好在哪儿啊？你咋看出来的？"——要求赞美每次有突破，还要具象。其实，这一来是好玩，二来是给自己打气。

蓝
黄
绿
红

来了？
来了。
量大？
挺大。
痛么？
有点。
但是……
还是比没有好……

每过一段时间，我就开始怀疑人生，追问自己所作所为的意义何在，然后在自我肯定和自我否定的循环中倒腾。这个周期比大姨妈的到来还要有规律得多。

朋友深深伤害了你，你怎么办？年轻时，我只想等我有了本钱时定要以牙还牙；待到年长有能力还击时，我却早无此念。一来有这冤冤相报的时间和精力，不如多赚些银子；二来你有力量搞他却不搞，可让你觉得自己宽宏大量，让你暗示自己深具佛缘，可满足自己内心的崇高情怀。

情色男女

把自己想象成男人，
把对方想象成女人。

围脖达人
@豆荚侠
豆荚侠!
小乐子!
FPA
555……
春春!
乐极生悲,
皆因有欲。
所以,在古圣人眼里,快乐也是痛苦的一种啊。

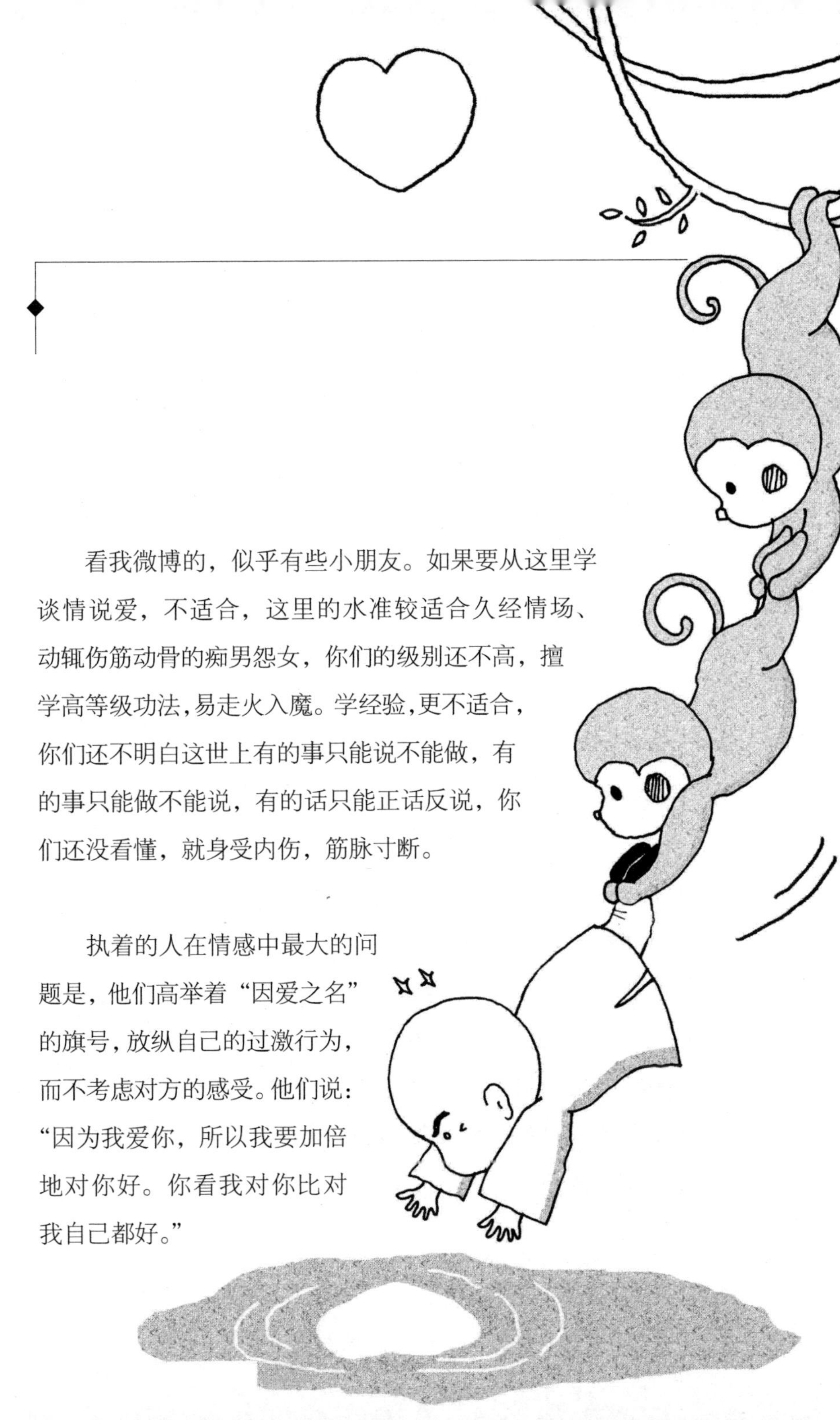

看我微博的，似乎有些小朋友。如果要从这里学谈情说爱，不适合，这里的水准较适合久经情场、动辄伤筋动骨的痴男怨女，你们的级别还不高，擅学高等级功法,易走火入魔。学经验,更不适合，你们还不明白这世上有的事只能说不能做，有的事只能做不能说，有的话只能正话反说，你们还没看懂，就身受内伤，筋脉寸断。

执着的人在情感中最大的问题是，他们高举着“因爱之名”的旗号,放纵自己的过激行为，而不考虑对方的感受。他们说：“因为我爱你，所以我要加倍地对你好。你看我对你比对我自己都好。”

他们在理论上头头是道，却根本不知对方需要什么。他们沉浸在自己给自己描绘的爱情中。他们只知道张，不知道弛。

“执着”在爱情中被人们当成战无不胜的美德，全拜历代文人将史诗传说中的爱情放大所赐。这些故事多强调要排除万难，并着力讴歌超越生死的爱。但事实上，有时单凭一腔热血，不懂得尺度的把握，对爱是破坏和伤害；有时少用些力，得到的反而更多。过于执着者，易疯狂，易失去理智，易让对方反感。

痴男不息，怨女不止，盖为爱恨情仇纠缠，身在当中无法自拔，看不透玄机，且以“天下唯我命最苦，世间唯我运最差”自居。殊不知，横向与他人相比，自己的痛根本是个屁；纵向从自己的一生来看，无论你现在认为情之痛有多深，也只是你整个人生的一个小屁。

“女人一生最成功的事情之一，便是选了一个对的男人。”这话不知是谁说的。对于黄色性格的女性来讲，这话等于屁话！切记：不同的格言适合不同性格的人，并非都是普遍定律！管你是谁，都一样。

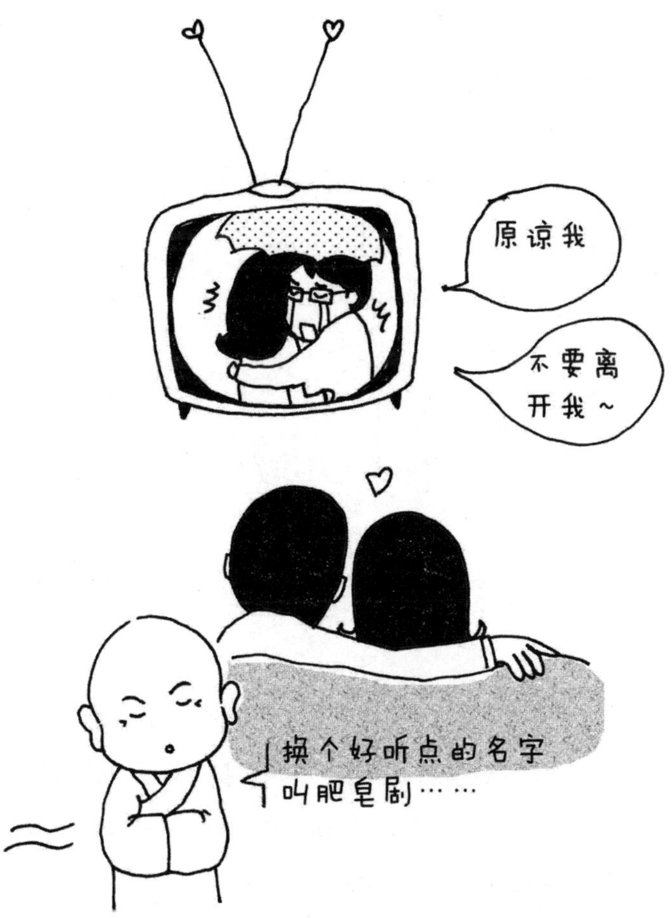
原谅我
不要离
开我~
换个好听点的名字
叫肥皂剧……

“一个女人第一眼让男人想到性”，说明什么？说明性感。虽然多数男人出于道德压力，不愿承认，但事实上，这至少比见到这个女人感觉是神圣不可侵犯的要实在靠谱得多。说白了就是，神是神，人是人。

“男人没有你想象的那样好。可以真爱，但不要深爱，在爱情里为自己留条退路，否则受伤时会措手不及。”——此话必乃为情所伤，但还未伤到极致的怨妇所说。因真到极致，她会明白大痛与大喜两者是交融的，没有深爱，怎来巅峰体验？活了如同白活。准确表达应该是彼此留有空间，而非留退路。

“想了解一个男人的好坏，先去看他身边是一群怎样的朋友。”——说这话的人，可能看了些旧时上海滩的大亨传记，或者浅读了金庸先生的作品。在情感方面，真想进入一个男人的灵魂，应去看他在面对之前的情感时的观点、态度、自省。

“一个女人的品位在于她身边站着一个什么样品位的男人。女人一生最成功的事情之一，便是选了一个对的男人。”有人把这话奉作经典。其实把这句话的“男人”和“女人”对调同样成立。不明白为何有人总觉得这话说得好，我看不出来好在哪儿。

“去发现一个有潜力的男人，往往比傍大款更切合实际。”——这话是不是说反了？似乎傍大款更切合实际，而挖掘一个自己可以影响的有潜力的男人更值得做。

“面对喜欢的女孩时，不认识字的男人也会变成一个诗人。因此，不要相信男人的甜言蜜语。”——这话对红色性格而言，如同屁话。红色就喜欢听到他人表白，会乐此不疲地反复问他人“你喜欢我吗”“喜欢什么啊”“怎么喜欢啊”。说出此话的人对性格的理解狗屁不如，须知如果红色在感情中没有听到甜言蜜语，肯定会无比痛苦。

END
灰姑娘
END
白雪公主
END
睡美人
我发现，美人一
傍上大款，
故事就没什么
好写了……
格林兄弟

为何总有人“明知山有虎，偏向虎山行”？为何飞蛾总扑火，是出于愚蠢抑或为了追求光明？《荆棘鸟》如是回答：“当我们把荆棘扎进胸膛时，我们是知道的，我们是明白的。然而，我们却依然如此做。我们依然把荆棘扎进胸膛。”如此，自己感动自己！

我最尊敬的是那些能耐得住大大的寂寞、自娱自乐之人。为了那一场高潮可从调情开始搞他几年，而非五分钟之内完成从解裤带到系腰带的全过程。

如果你总是爱上有自卑感的男人，只能说明你有拯救情结——就像男人说他总是爱上欢场女子那样有拯救情结。拯救，让我们觉得自己高尚；让女人觉得自己是为了爱，不是为了钱；让男人觉得自己是为了爱，不是为了性。拯救，让我们自我感动，觉得在爱情中自己一直是付出方，是唯一的受害者。

遍地都是埋怨男人负心和花心的女人。这种剧目天天上演，其根源就是雄性激素的蠢蠢欲动。只要人还是生物，就无法逃脱这生命的不安，因为雄性激素会驱策它的主人去履行自然法则。千年之前的女人谈论这个问题，百年之后的女人必定还会继续纠结这无解的问题。

男子欲寻美女，完全源于遗传基因的生物性，这种力量是人性，是本能。只是人类组织了社会，有了观念与尊严，更有了舆论评价，很多男人迫于人言，不敢光明正大地再提本能，好像提了就是大逆不道。反之，女人想找个强大男人的道理也一样。

女子羞涩地问："性欲很强是好事吗？"答：好事，说明你生命力盎然，怎么自然怎么来。男子愧疚地问："性欲很弱是坏事吗？"答：不是，说明你天性神光内守，怎么自然怎么来。

享受男人帮自己提挎包的女人，要么是想做女皇想疯了，要么是那些对爱完全不懂，想通过这点来验证男人是否爱自己的女孩。

理论上，感觉无法描述，故而很多人常说“喜欢就是喜欢呀，没什么为什么”，搞得像禅宗常以颔首微笑伸指回答一切。可常人一般都悟不出，这世上还是俗人多，所以我一直希望把感觉归纳为语言，且坚信多数感觉可描绘，虽不能尽得神意，如

能使大多数人明白，也算一德。

如果你答应朋友，陪他不远万里来看望他的疯狂女友去逛街——1. 如你心软，请你做好接盘他女友的准备。2. 如你心硬，请你做好她很恨你，同时她与你好友也会分手的准备。

王小二和前女友共事，老婆吃了大醋，王小二问我怎么办。我说你用两句话试试，但顺序别颠倒。第一句："她就算脱光在我面前，我也不会有任何反应。"此语会让你老婆开心，但不一定会让你老婆放心。第二句："我就算脱光在她面前，她也不会有任何反应。"这话似乎伤小二自尊，但也许比前一句话更让老婆放心。

所有我们成天翻来覆去讨论的爱情中的一切恩恩怨怨，皆来源于“占有”和“怕失去”。说白了，“占有”的核心根源也是“怕失去”。所以，只有一条，即“怕失去”。

各位女看官，无论您经历过多少男人，无论您是孙二娘还是小龙女，不同性格的男人驾驭的方式完全不同！有的要恩威并施，有的则要欲取先予，还有的必须以放代收。在心理上搞掂男人，和你在身体上搞掂他一样重要。多年来你被“拴住男人胃＝拴住男人心”这句话害惨了，可惜你还懵懂不知。

婚姻关系的本质就是“两人可以天天吃，天天睡，天天聊”。吃＝经济状况，睡＝生理和谐，聊＝精神共鸣。三者中，没吃，大家都要饿死，遑论其他；没聊，大家犹如行尸走肉，没有心灵的快乐；没睡，永远达不到男女关系的巅峰体验。吃和聊可以天天，但睡不宜天天在一起，肉体的熟悉必导致激情的消退。

男人的自卑是个很要命的东西：面对相爱女子，若囊中羞涩，要么冷淡退位，要么加倍对女人不好，把自卑转变为外在的自大和狂妄，通过打压对方来显示自己还是有权威和力量的。常看到很多女子，拼命哭求“我不会离开你的”，但换来的往往都是伤痕。其实女子完全不知，你越这样呈现善良，越会让

男人恨你。

“我要找的是一个真爱我的人，他不是因我漂亮才喜欢我。红颜易老，青春易逝。”有的女子总这样说，似乎只有如此强调，才显得自己要的是真爱。但说这话的人多数不知怎么判断对方爱自己的什么。其实你可把自己毁容，保准试出；再不济就搞个易容术，潜伏一年半载。否则越说这话，越无力判断。

最高级的控制，一定不是向她不停地强调“你是我的”，一定不是向她周围的人不停地昭示“她是我的，你们想干什

么”“她是我的,你们不知道吗”。常用这类手法者有三种:孩子、心智未成熟者、只看当下者。要学会让对方自动黏上你，自动问你:“咦，你怎么不联系我啊？”

A君与妻十年恩爱，忠贞不渝。某日坐飞机，A君旁座美女与其初恋形神极似，灵魂碰撞之默契犹如前世相识，一夜激情后洒泪挥别。数年后A君大病，其妻终日服侍左右，夫君涕零之际将偶遇报告，妻断然离婚。有时你以为你真诚，但并非所有真诚都有好结果。

问：一见钟情到底是什么在起作用，费洛蒙？肉欲？灵魂的碰撞？答：一见钟情当然与性吸引有关，否认这一点是虚伪的。性吸引，包括外表和感觉。除此以外，跟性格的吸引关系也很大。但在开始的时候，男女两人根本无法碰撞灵魂，很多的灵魂碰撞都是通过肉体碰撞而来的。

如果你的伴侣有了外遇，让他回头的最佳方法是增强他的负罪感。其他方式多数会使你们渐行渐远。

《倚天屠龙记》中，赵敏在面对父兄干涉其爱情时，斩钉截铁地说:“爹爹，事已至此，女儿嫁鸡随鸡，嫁犬随犬，是死是活，我都随定张公子了。……眼下只有两条路，你肯饶女儿一命，就此罢休；你要女儿死，原也不费吹灰之力。”与动不动就搬出“我妈妈说”的娃儿相比，这种想爱就爱、毫不窝囊的态度是何等有气概。

对比婚恋中的“相爱”和“相处”两者，相爱容易，相处很难！前者只是产生一种感觉，后者就是自我修炼和妥协的艺术，必然牵涉到自我改变。我见过无数人大义凛然地说“为爱，我可改变一切，我愿做牛做马”，可惜在与自我较劲中都最终阵亡了。

婚内无激情包括两种：对彼此的肉体过于熟悉无激情；生活过于平淡，精神交流无激情。很多人一直卖力地讨论哪个更恐怖。前者是必然规律，解决的方法可以是周末夫妻、分床制；后者则必须在寻求共同兴趣的前提下，在周而复始的生活中学会制造不同，甚至适当允许婚外情的存在。

同时爱上两个人甚至更多，很正常。虽然我们的道德观可能无法接纳，会遭到谩骂，但从人性角度，可以理解。

总被问及我的婚恋观是什么，不知怎么说，只能被逼作答：1. 爱可恋，婚慎结。2. 爱情是生命中最重要的原动力。3. 即使

作为一名有现代意识的
妻子，我批准你偶尔可
以精神出轨，但是肉体
出轨的话我可饶不了你。

精神……可是精神从来就没
上过轨道啊……

如此，爱情也只是生命的一部分，生命中还有很多比爱情更重要的东西。

女人一旦开始暗示自己“我是两人中的付出者和受害者”，麻烦必将接踵而至。其实，你可选择离开的。你自己不离开，还要在以一个强有力的理由让自己苦苦支撑，怎能不苦？而你显然无法掩藏情绪，所以，你的忧郁、愤懑、不平会让他感觉到。若他不能解决问题，他也只能发疯或放弃。

世上没有无缘无故的爱，此话早已证明：类似“喜欢你没有原因，只是一种感觉”的话，都是屁话！只是对方不想告诉你真正的原因：他不好意思说真正的原因；他在故意掩饰真正的原因；他在有意放大“感觉”这个词，以营造和你之间的“天意”和神奇。只要去想，喜欢一定有原因，感觉是可以转化为语言的！

“适当地允许婚外情的存在”包括多种含义。“情”有多种，并非只有爱情。擅长赶尽杀绝的男女习惯于不许配偶对他人有丝毫喜欢。如你认为祭起道德大旗可扼杀天性，你大可放马过去，遗憾的是几乎没有人能达成心愿。难道你想占有配偶从肉体到灵魂的全部而不给对方留一丝空隙吗？

一颗心，能容纳的人数……

恐怕比电视频道还多……

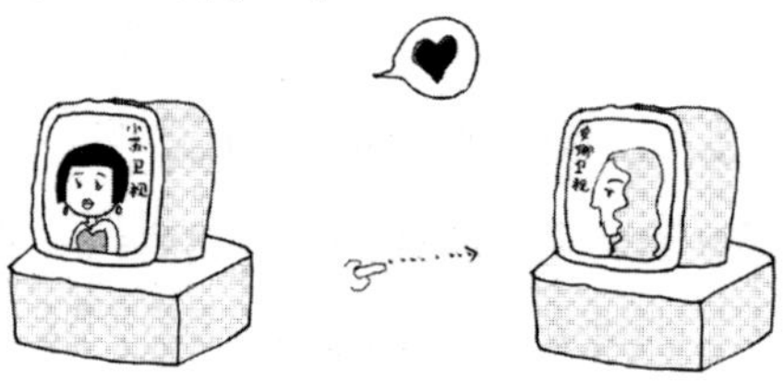

女友哭诉老公到宾馆见女网友，这是我听到的第 N 个老公网恋的故事，当然我也无数次知晓老婆网恋的故事。无论是 QQ、微信、微博，随便一种，便可无限满足对爱情充满想象又在现实中没有合适土壤的人们。这种无须见人，单凭手指，通过对方的沉默和回答就可浮想联翩的方式，让爱情很容易繁荣。

女人总问男人“你是想我还是想我的身体”，希望答案是前者，借此给自己一丝慰藉——“他喜欢我的心灵多过喜欢我的肉体，应该是真爱。”此题，从男人处得到的答案以假的居多，除非此男知道此女也是性情中人，拿得起放得下。

“女人偷看男人手机”与“男人打女人”的恶劣程度，没啥两样。翻看手机这事，如果看了啥都没有，你会觉得今天是对方运气好，下次要再看看；看了如果有啥，下次你忍不住还要继续看。总而言之，这比鸦片还要鸦片，是自寻烦恼。用这样的方法来确认对方是否还爱着自己，借此给自己一种安全感，是舍本逐末。

如果你们过去基本天天生活在一起，想找回激情而苦于无法，不妨尝试：假设有条件，就分两个房子而睡；次之，分开房间而睡；再次，分床而睡；还是没条件，就分被而睡。生活习惯有差异在所难免，需要运用彼此的智慧共同去中和去化解。死撑着正面相抱，彼此呼吸对方的二氧化碳，这种情况即使在热恋中也不多见。

爱上一个人，你可能无法控制内心的疯狂，想和她天天黏在一起做爱，或在远处偷窥背影也觉得够刺激；再不行，就疯狂地通电话。可惜，你还不明白，太疯狂的爱不可能长久，要

么把自己烧死，要么把对方吓跑。你以为玉石俱焚、共入天堂就是爱？学会控制吧，这是门高级的艺术，尤其是控制自己的情绪。

一个女子若让男子只动心不动性，那是圣女，只能仰望膜拜；若既动心又动性，乃上佳之选；若只动性不动心，理论上人们会认为这是荡女。不过，圣女下凡的最大麻烦是需要漫长的时间，人们不敢对圣女有淫邪之念，圣女搞到最后像不食人间烟火；荡女升天却比圣女下凡容易，因为这世上由性而生爱很是正常。

某女问：“似乎自己不应主动，不知道该怎样去追男生。”答：“把自己想象成男人，把对方想象成女人。”

心痛如何治愈？要看是谁伤的。如自己伤自己，则需自疗；如别人伤自己，也是因你给了别人机会允许他伤你，仍需自疗。自疗需时间，没心没肺的好得快，心事重的好得慢。

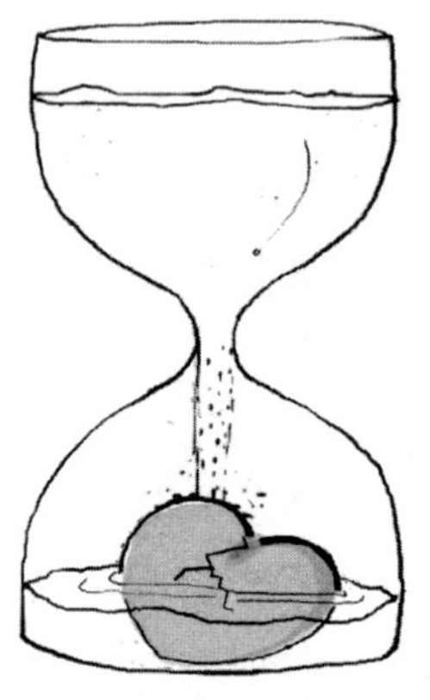

通过观察伴侣是否东张西望看路边的异性,然后与“专一”挂钩，无比愚蠢。要能做到和你的伴侣出去，看见帅哥美女，彼此开诚布公地品头论足，交流心得，还鼓励对方上去搭讪或者鼓励对方喜欢。有这样的心态，你们方有无坚不摧的情感基础。

人的一生根本不可能只爱一个人，哪怕你刻骨铭心地爱一个人，也不能保证再不会有别人让你动心。如果再没人让你动心，那就是还有另外一个让你动心的人无缘与你相见罢了，并非这种人不存在。但是，请记住，有些经历是唯一的，有些你和某个人的经历是永远无法复制的。

面对异性网友提出看自己照片的要求时，有很多人总本能地问对方："外表难道这么重要吗？"大抵原因：1. 以为这样就可测试出对方是爱自己的人还是爱自己的貌。2. 对自己的貌没啥信心，希望对方能通过网聊发现自己内心很丰富，从而爱上自己。可惜这个想法，本质很无力，不过理想主义者们依旧会充满幻想。

相敬如宾只是说双方相处在态度上要平等，但多数家庭男女双方必有强弱之分，方可长久。

所谓的"外在时尚，内心古典"，真正的解释其实就是"长得漂亮又不花心"。人们不好意思承认自己其实喜欢帅哥美女，那会显得自己很肤浅，所以总要说些和内涵有关的东西自我粉饰一番。

友善又不伤颜面地拒绝求爱的方法之一便是结拜兄妹。初唐，红拂女和李靖本是一对，看见同行侠客虬髯客凝视自己梳头时，就说："小女子我也姓张，还算得上你妹妹呢。"《水浒传》里和皇上约会的李师师看上了燕青，用言语挑逗时，燕青问了师师年龄后说："既蒙错爱，愿拜你为姐姐。"

我们追求感动，是因为感动让我们自己感觉高尚；我们追求爱情中的感动，是因为那让我们感觉这样的爱情才是纯粹的、炽热的。我们做了很多很多事情，来向自己证明这一切的真实和正确。有时，我们明明知道结果是错的，但依旧前行，因为当无物可以感动我们的时候，我们太需要自己感动自己！

人类历史上的多数文明，对肉体多是回避或轻蔑，对精神则大加推崇和敬仰。故而众人虽口称“灵与肉的结合”，其实都大谈特谈“灵”，谈到“肉”时，唯恐自己是肮脏、污秽、堕落的。人们不敢坦然面对“性”，还不理解怎样才能不紧张地把美好的身体当成殿堂，让精神入住。

两人在一起的最佳状态是既能有各自的独立空间，又能相濡以沫，彼此有默契。如果你喜欢翻阅对方的短信，那就代表着你希望100%全方位进入对方的私人空间。当两人都没有各自的私人空间时，你们的关系会非常危险。

将性格特点与道德词汇紧紧捆绑，是卫道士故意使用的伎俩，也是普通民众容易混淆的概念。譬如“闪婚”，与当事人是否“负责任”无甚关系，你可以说他们对于婚姻的考虑不够成熟周全，但你没理由去否定闪婚者的真爱。在中国的语词系统中，有些词是可杀人的。所以，请学会理解事事背后有动机。

如果你穷困潦倒时，有个女孩矢志不渝地跟着你，当你发达时却无法给她好日子过，通常你会有愧疚感！这和春秋时晋文公上位后，对落难时一直跟着他的介子推的心态相同。所以，糟糠之妻对很多男人的意义在于：一旦愧疚，对男人会有折磨。

反复强调自己“一生只爱一个人”，可能是：1. 看言情小说看多了。2. 是小龙女的铁粉。3. 正在恋爱中，话说给对方听。4. 感动于自己爱情的纯洁、崇高、执着、理想化，认为爱的人少才是真，爱的人多定是假。其实，真能做到这样的人，不会总把话放嘴边！

很多女人爱男人是源于崇拜，男人爱女人则是喜欢被崇拜的感觉，故给男方足够的崇拜感是相处的关键之一。可惜很多女孩以特立独行自居，为表示“我是真正对你好才说真话，不像外面的花花草草那样故意讨好你”，所以决定一直说不中听的话。以为自己说的是忠言，却不知男性感觉不到你的崇拜，你的忠言他也压根儿听不进。

让爱长期维持在高亢状态不可能，时间会让感觉弱化、欲望消退，唯有肉体适时的毁灭才能使激情永远处于巅峰。因此，伟大感人的爱情故事永远以痛苦和死亡收尾，并且总是悲剧。

有很多人，置身于不属于自己的城市，每到节日，总是无比伤感，被寂寞萦绕，无法喘息。见行人匆匆，夜色闪烁，心下更黯淡，拥有一个男人或女人的愿望越发强烈！然后整宿地买醉，把音响放得极大声，拼命要赶走这万恶的孤独。第二天早上一切依旧。

姿色平平的女孩初次约会时总喜欢玩深沉来勾引男人。比如你说你喜欢美女，她就问："你难道只重外表吗？"这样便显得你很肤浅。可惜，你还是喜欢美女，再说美女不见得比非美女没内涵，既如此，为何要舍美就丑？所以，这种问话方式并不高明也无策略，徒有意气，只显自卑。

无论你晚上是否睡得着，无论你睡着的时候你的痛苦是否还醒着，无论你多么折腾自己让自己夜不能眠，无论你觉得黑暗给你带来多少孤独和寂寞，清晨到来的时候，这一切都会消失。但若你找不到法子，到了晚上，它们仍会阴魂不散，卷土重来。

太帅的男人或太美的女人如果你不要，原因无外乎以下几种：1. 给自己台阶和颜面。2. 自惭形秽带来的恐惧感，美女帅哥都是可远观但不可亵玩的。3. 确定自己搞不掂，认为他们是定时炸弹，不想戴绿帽子或不想自寻困惑苦恼。4. 根深蒂固地认为漂亮不能当饭吃。

对付永无休止"作"的人，正确的应对技巧是：1. 不生气，永远装傻，让对方无气可撒。2. 不停地强调"不着急，有话慢慢说"，就算对方不讲理，也重复此话。记住，只要你激动，对方的“作”就得逞了。3. 严肃而平和地表明，你不喜欢“甩手”疗法，因其无益于解决问题。对方下次再走，你就不追了。

很多女人天生就是做女强人的料，但如打算继续强下去，并且还想生活平衡，须先做好一辈子单身或婚姻不幸的最坏打算。以此打底，可以：1. 找个完全不介意老婆比自己强的老公，因为强过你的男人不一定对征服你有兴趣。2. 学习示弱的艺术。

如果你总向他人强调“没人懂我”，注定你是怨妇；如果你总是觉得“没人懂我”，你要么是孤独的天才，要么是自己有问题却不自知的蠢蛋；如果你根本不在乎“没人懂我”，证明你铁石心肠，足够强大；如果你想都没想过“人家懂我吗”，恭喜你活得好轻松好舒服。

高骂“男人都是负心汉和贱货，真不是东西”，并号召姐妹们拼死抵制、不要相信男人的人，以及发表自己“对男人这种动物早已死心，宁可养狗也不再相信男人”这类言论者，其中喊得最凶狠的恰恰是那些最需要男人、遇见男人最没辙、受伤后无力自我疗伤的女人。

你的痛苦在于心里有一对天生的矛盾无法解决：你既要追求高度的自由，又要有情感上的依赖。自由让你渴求独立的空间，不要天天黏着；而依赖则让你向往二人世界，希望能有寄托和倚靠。你这一生，在情感上的纠结，就在为这对矛盾而斗争。

无数为情所困的人中，绝大多数并非需要解决问题的方法，而只是需要一个人陪伴，找到可倾诉的对象，感觉自己有了依赖，可沉浸在自己是长不大的孩子的幻想中，好像终于安全了。其实这一切无比像海市蜃楼，因为还是在借助外在的力量，而自己内心毫无成长，一旦泡泡破灭了，自己马上无所适从。

“不接电话不回短信，没有音讯而且可能还关机”，对这种“作”的人，你可选择置之不理，不过后果就是对方会更抓狂。如你摆出来的是“你他妈的有什么了不起，大不了咱们就分了”

的姿态，那么你们就准备玩完吧。果真如此，请你先做好准备。对“作”这种行为，安抚很重要，就怕你坚持不到胜利，已阵亡。

两只刺猬，投身情爱。每每拥抱，相互刺进。遍体鳞伤，痛彻心扉。男方小勇，为爱献身。不愿圆圆，终日受苦。自拔其刺，英勇无畏。浑身血迹，来见圆圆。姑娘目睹，泣不成声。何必如此，痛吾心头。小勇微笑，为爱值得。再次拥抱，爱情更深。不想刺入，血喷更甚。圆圆痛哭，离别转身。这就是爱，年轻懂甚？

“我愿为你付出生命”，听上去已达最爱，殊不知付出生命不难，唯需勇气；但为了对方愿调整自我的个性，此等煎熬更痛更苦。好比直接砍头不可怕，千刀万剐又不让你死的折磨更

甚。所以，生比死难。愿接纳你的全部缺点，愿为适应你而改变自己，比愿为你去死更难。

你好友向你倾诉爱上一个女人的苦，却不知这女人也是你所爱。结果，他只有一苦：得不到的苦；你却有三苦：得不到的苦，听他倾诉的苦，想起这事就内心纠结斗争的苦。

爱＝心动＋心念＋心痛。1. 心痛后，再心动，说明你又开始了另一段。2. 心痛后，只有心念，此爱可成正果。3. 心痛后，往返于心念和心痛间，说明你正在此爱中艰难爬行，如痛无止境，此爱必废。4. 心痛后，持续心痛，说明你得了心绞痛。

你想得到你的梦中情人，就会痛苦；你想你的梦中情人，就会快乐。

如果双方在分手与复合中折腾多次，一旦一方终于痛下决心，斩断过去脱离苦海，还没从苦海拔离者，势必再次疯狂追捕。殊不知，再次复合需同时具备两个条件：1. 前者之后的情路不顺，忘记你的坏，却仍想起你的好。2. 你的确变了。但当事人不明白的是，这两条都需“时间”证明。

多数人进入婚姻，总是先看到或高声呼唤无比美好的幸福，预设了一个标尺，回避思考漫长人生中可能会遇见的暗礁，然后经常衡量对比，结果越对比越失望。失望的常态是：认命，维持现有格局，一方或双方都暗度陈仓；失望的非常态是：身心憔悴，彼此冷淡或敌对，原本欢快而聚，搞到最后痛苦而分。

“怨女盛会”谈如何打小三，请我演讲。若干思路：1. 人人都可能面对小三。2. 源头非在小三，打小三则力偏。3. 打小三会激发你老公保小三之欲。4. 治水之道宜疏不宜堵。5. 你知道自己在夫妻关系中最终要啥吗？ 6. 找小三的本质是找己所需，请问你知道老公要啥吗？

打破婚前的平淡生活，只有一法：要努力创造人生中许多的第一次。打破婚后的平淡生活，也只有一法：要把人生中许多的第 N 次都当成第一次。

女人比男人更容易意淫，意淫的共同点是：想想就乐了，想想就忘了，想想就没了。

爱情，是永恒的主题；婚姻，只是爱情的形式。婚姻制度的发展，从群婚到一妻多夫到一夫多妻及至现在的一夫一妻，均与时代有关。现今，人们日益追求经济独立、人格完整，丁克、

同居、单身等形态茁壮发展；但情爱为本，人性为本，任何时代定不会变。

对“安全感”，多数人的期待是：你想和我玩，你只和我玩，你永远只和我玩。当然也可理解为：你爱我，你只爱我，你永远只爱我。人们惶恐的原因是，第一点很容易；第二点无法确定，因为外面诱惑实在太多；第三点从周围时常传来的分手、离婚消息中也感觉不太乐观，不敢想太远，但又控制不住，不能不想。

凡欠缺“安全感”，必有“依赖性”。

“归属感”是你强烈地想和他在一起，“安全感”是你觉得他强烈地想和你在一起。

看来情感上没安全感的人真多，并且似乎有种趋势，以说自己没安全感而自豪，同时期待获得对方更多呵护。表面上是因为不自信，其实本质是：1. 有依赖性。2. 把幸福完全建立在与那人的联结上。3. 怕失去。

“刺激”好比偷情，“挑战”犹如离婚；“刺激”好比恋爱，“挑战”犹如结婚。多数人喜欢刺激，却惧怕挑战，盖因挑战比刺激更伤筋动骨，面对它时更要有抗压能力，需处理更复杂的问题。不幸的是，人们多从刺激开始，但终要面对挑战。

男人爱美人不爱江山，那是小爱；男人爱江山不爱美人，那是大爱。不过，有句更重要的话要提醒男人：多数女人稀罕小爱胜过大爱，像武则天那样的女人毕竟少。

理论上，爱的最高级形态是无论是否和他在一起，你都会祝福你所爱的人幸福，即使你目送着他和你的情敌的背影远去。不过很少人可以做到！这事的最大障碍是，当你还在爱中没出来，而对方已从爱中走出时，你的内心更多的是恨——

有位绿色MM，情感上很随缘……
目送暗恋对象和情敌，默默祝福……

目送初恋和情敌，默默祝福……

目送男朋友和情敌，默默祝福……

目送老公和第三者，仍默默祝福……

最后，大家目送她出家，默默祝福……

他怎么可以这么没良心？怎么可以狠得下心？你的思维多会被恨占据。

外遇的本质是个人需求在婚姻内无法满足，这种需求其实“心理”上的远比“生理”上的更广泛、更普遍、更重要，且无论男女！你可拼命围追堵截，可用冷暴力逼迫对方就范，也可将外遇分子斩草除根，但只要你自己无法理解和无法满足对方“真正”的需求，外遇必定生生不息，因为人的天性如此。

你担心当自己的爱排山倒海呼啸而来时，若有意识地控制，会不会控制到最后，就给搞没了。就像古代房中术说男人要精满而泄，久憋不泄会出事的。其实，泄没问题，但要看泄在哪儿。泄在自己手里不伤人，泄在别人那儿，又不做好安全措施，就会伤人。控制的艺术在于将自己的外功转为内功，利己还能不伤人。

学会爱情中的“控制”，并非指切断关系，你要学会改变非黑即白、非好即坏的极端思维模式。控制，不是不表达，而是学会有节奏的推进，这很重要。过于狂热是很恐怖的行为。好比你学钢琴，你可每天弹 1 小时，而不是头两天每天弹 18 小时，第 3 天后就再也不弹了。从结果来讲，匀速运动比变速运动更有效。

就道德而言，婚姻就是从一而终；就生理而言，冲动难免，需要很好的控制力。你们都会因为对对方的身体过于熟悉，有时感到平淡和枯燥，却又不得不这么过下去。故此，婚姻艺术也可以说是：1. 如何让一如既往的生活变得有趣和有激情的艺术。2. 控制自我的艺术。3. 平衡的艺术。

对相爱双方相处之道似懂非懂者总认为，既然爱情是纯洁的，既然爱情是相互信任的，两人之间就绝不该有秘密，须百分百坦诚。殊不知，善意的谎言，在很多情况下是最好的处理方式。如果你的诚实让你内心坦荡，但换来的是别人无端的痛苦和猜忌，还不如善意的谎言。爱情极端主义者永远不明白这一点。

也许不用百年，现行婚姻制度便会有重大变革。时下无数痴男怨女每时每刻不得消停的争论与困惑，都会换成另外的问题呈现。只是那天，我们必定看不到了；会出现些什么新问题，我们也不得而知。

再普通的女子也有让他人心动的资格。

很多单亲妈妈都把自己放得太低，潜意识里总觉得自己结过婚，有了小孩，似乎不如未结婚的值钱，总暗示自己应该低人一头。都什么年代了，还有这种想法，好生悲哀。中国古文化中的糟粕真他妈害人，真他妈害人！

当头一棒
一个真正聪明的人，是懂得如何委曲求全的人。

等待着一场雷
电将我送入另
一个时空……
与其参加相亲
节目，不如穿
越到一夫多妻
的古代，被女
人包围……

轰隆隆
轰隆隆

这……
好茶
老佛爷您慢
用，奴才先
行告退……

我们的房子比以前更大，但支离破碎的家庭越来越多；我们的收入比以前更高，但我们的士气越来越低，安全感越来越弱；我们可以谋生，但却没有真正的生活；我们赞美经济繁荣，同时渴求生命的意义；我们重视个人自由，又希望人与人的联结。在一个丰盛的时代，我们的精神越发饥渴。

在这个时代说下个时代的话，会付出代价；说众人暂时还没看见的真理而挑战了传统观念，会付出代价；说权贵不想听到的话，而且只有你孤单地说，会付出代价。总之，说真话，会付出代价。但即使如此，也不能成为我们不说真话的理由。你自己可以没能力、没勇气说，但至少要学会听得懂真话。

天使飞得高，是因为把自己看得轻。

强势的人未必是强者。一个真正聪明的人，是懂得如何委曲求全的人。

这个世界越来越虚伪，而我们似乎也愈加习惯假大空的风气和与之相随的做作风格。但再堕落再悲哀再不济，人们内心依旧向往真实与自然。只要这种向往依旧在，邪魔也许不会消失，但至少人们可以分辨。

问："作为一个男人，你追求什么？"答："大块分金，大把泡妞。"——你丫就是个不折不扣的老流氓；答："金钱和美女。"——你这人不上台面，俗不可耐；答："事业与爱情。"——您真是高尚有为的儒雅君子啊。

在你没做成任何事情前，没人会在乎你的感受。如果你太把自己的感受当回事，只会被自己所伤。

时刻和他人对比有种种坏处。但若不比，人生没动力没斗志没方向，又怎能进步？活着有何意义？多数人的想法是，咱比了，干过他，人生就快乐；干不过他，自己也能前进一大步。可惜你忘了，人生的“比”无止境，“干”却有尽头。

一路走来，才发现“真实”不等于为所欲为，不等于由着自己的性子胡来，不等于想到啥就说啥。如果你总抱怨社会不公、世态炎凉，把你逼良为娼，将你从真实逼到虚伪，说明你现在还处于理解“真实”的初级阶段……

有福同享的关键是怎么“享”，有难同当的关键是“难”有多大。

完美主义者是能完美地自寻麻烦，也能完美地把自己的生活搞得相当不完美的一群人。

大炮打蚊子，大炮感觉很不爽；杀鸡用牛刀，牛刀觉得被轻视。成大事者须从小事开始，能把小事干好，才有机会和资

格干大事，并非一开始就能有碉堡可以轰炸，有牛供你杀。所以，把手头能干的活干到最漂亮，比啥都不干等着生锈更有价值。另一做法，是索性啥都不干，等着铁堡和神牛出现，一战成名。

明知不可为而为之，只是真性情者，绝非智者，更非勇者。真智者知“止损”之道，他们每时每刻都知道自己要什么，有一丝机会就绝不放弃，没半点机会时哪怕付出再多也马上收手。真勇者选择痛苦的生存，而非玉石俱焚的死亡。

说自己从不撒谎的人，说的都是谎言。唯一将善意和恶意的谎言区分开来的就是其背后的“动机”。

从众的原因是你觉得别人做了自己不做就亏了，要被人们孤立，所以这么多人要死一起死，要亏一起亏，要做傻 × 一起做，这样至少心理上安全一点。无奈人是群居动物，习惯于相拥取暖。我说这话这会儿，我爹娘说不定也在排队；你在鄙视买盐人时，你老婆今晚就神勇地扛回家十麻袋。

什么能让你投入全部的热情？要寻找那些让你变得兴奋的事，这是你寻找人生目标和使命的最重要参考因素。你的使命将带给你巨大的欢乐，会使你感觉有无限能量。要记录下那些能让你快乐的事情，比如弹奏乐器、攀岩、查资料、给别人讲笑话等；特别要注意那些能让你宁可比平时早起一两个小时也要做的事。

多走些地方，的确要钱，但没你想象的要那么多钱。富裕的可去肯尼亚观看动物迁徙，饭吃不饱的可做背包客 2000 元游遍省内。如果你现在看到“2000 元”，觉得我在瞎扯淡，证明你对生活除了抱怨还是抱怨，除了抬杠和挑刺，你已经被压抑得啥都不敢想了。有钱人和没钱人各有快乐见闻的方式，见得多方知自己的渺小。

不要去学做别人。你可以吸收别人的经验，在你没能力创造前，你可以去模仿别人，但记住，你只需做最好的自己。在做最好的自己前，你需要先知道你是谁，你的天赋到底在哪方面。

会聊天的人常聊别人感兴趣的话题，能聊天的人只聊自己感兴趣的话题。

有人擅长开门见山、直捣黄龙，见到喜欢的，便直接表达“吴妈，我要和你困觉”；有人常欲擒故纵、声东击西，见到喜欢的，故意视若无睹，拼命打外围战役，其实是给里面的人看。雕虫小技，不值一提。性格有差异，各自的套路也不同。

衡量自我价值实现的重要标准之一是：你能获得大量发自内心的满足，你有能力享受独处并沉浸其中。

并非所有人都可以瞬间内心强大，当我们无法转换自如时，常见的方法是由外而内，也就是先通过外在的强大来给自己信心。最常见的外在强大包括：强身健体可让自己似乎不再弱小，赚钱可让自己显得像个成功人士，整容可让自己看起来更美更有吸引力。但一切外功终将归于内功。

如果你是普通人……
施主，我内心很强大。
看不出。
如果你是稻盛和夫……
活法
大师！

如果你希望更通透，你需要强迫自己不停地问“为什么”，一直挖到最底部。如果你不这么做，就很有可能被表象迷惑而蒙蔽双眼。所谓：“每日提问一百次，百日之后自洞明。”

上天的公平在于：无论是谁，恩赐你特别才华的同时，必搭配特别的软肋。你得到多少，也要失去多少。

“没有结果的过程是个笑话”，这话本身是功利主义者发明出来自以为高明的笑话。过程，有时比结果更美。可惜，你太贪，原来只想要过程，后来你又要结果。最后你结果得不到，过程也不爽，你就是蠢蛋。所以，你一定要随时都知道自己要的是什么，随时问自己“我要的到底是什么”。

1. 给出承诺的速度与兑现承诺的可能通常成反比，所以承诺不要给得太快。2. 重承诺者的核心是哪怕再小的承诺也本能地当成生命去捍卫，对每个承诺都一视同仁，毫不轻视。3. 真正重承诺的高手，更愿意相信“做比说更重要”。

没有安全感，原因复杂。其中一个重要的原因是内心缺少独立性，对他人有严重的情感依赖，把自己的幸福完全建立在他人身上！

我们每天都可能在不经意间主动或被动地伤害他人或让他人极大地不爽，但自己根本不知道，别人也不会告诉你。所以，如果你不能做自己的一面镜子，可能有一天，怎么死的你都不知道。

“公平是相对的，不公平是绝对的。”如果我们将人生的重点放在“不公平”上并放大，痛苦将持续；如果将重点落在“公平”上，我们会有更好的心态来调适和平衡，这种平衡会让人有更多喜悦和宁静。

你听说一个人发生车祸被撞死，和你亲眼见到一个人发生车祸于你眼前被撞死，是两回事。前者只会让你觉得开车要当心，后者能让你开始拷问自己生命的意义，且现场越惨烈，你拷问的时间越持久。

过多期望也是痛苦之源，但痛苦者从不认为期望过多，而且总控制不住自己的欲望。

你到门口找东西，路人问：“你在找啥？”答：“钥匙丢了。”

同病相怜……

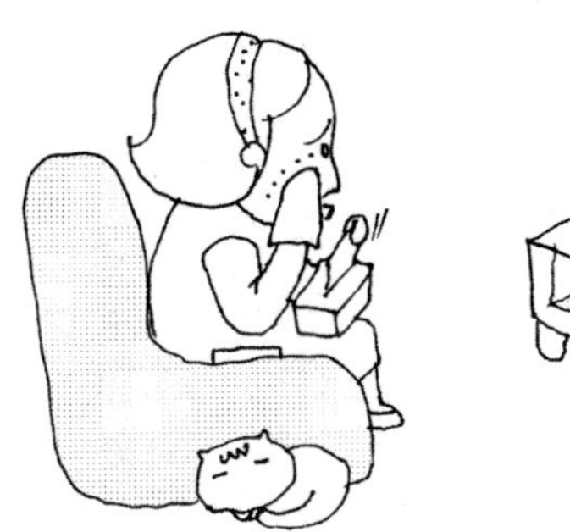

路人帮你一起找了半天后问："在哪儿丢的啊？"你答："在屋里丢的。"和在屋外找钥匙一样，大多数人都到外界去寻求克服寂寞的途径，可惜导致寂寞的关键是不会自我对话。一旦人们认识到这一点，那么，独处就会变成一个无须他人参与就可自己快乐的机会。

对独处的无能为力正说明了内心安全感的缺乏。世界上最感寂寞的人，往往一直处于人群中。他们尽可能每分钟都和别人待在一起，他们寂寞时不愿反省内心。有些人赌博酗酒以便时间过得更快，另一些人不停地看肥皂剧让房间有声响，因为他们害怕安静的生活，就像许多人宁愿维系并不美满的婚姻也

开什么国际玩笑？一个月马桶竟然堵了5次！！
我恨，我父母为什么不是富人？
天啊，为什么让我遇到这样的烂男人～～
愤怒仇恨能量级：150
忧伤能量级：75

最近有点烦，写封
信给乐嘉老师吧。
邪
邪
焦虑能量级：100
美国精神科医师戴维·霍
金斯博士，发现人类各
种不同的意识层次都有
其相对应的能量指数。而
是否相同能量级别的人
更容易扎堆一起呢？看
看我们附近都是什么状
态的人吧……
这么多负面
能量要如何
消化呢？

不愿一个人生活。

你此刻遇见的所有麻烦、困惑和痛苦，让你迫切地寻找解救之道，甚至不惜病急乱投医。却不知，唯有能真正面对自己的人，方有被解救的可能。

很多人自恃见多识广，阅人无数，认为人性复杂，不可能归为四种类别。却不知天下万物皆有规律，犹如人与人必有共性，但共性之中又有个性。读人犹如读书，首先需要做的是将厚书读薄，然后再把薄书读厚。也就是说，要先把复杂的人性勘透，知其本质相通，然后又能明白为何同种类型中还有如此多的变式和差异。

不幸者并不乐意与幸福的朋友扎堆，因为会感到拘谨与苍凉；而混迹于同样不幸的朋友中间，放肆地宣泄与舔伤，即使无助，至少暂时心安。

每个人说谎都有原因，有人说谎是想骗别人，有人说谎却想骗自己。还有些更悲惨的人，说谎不过是为博取他人的同情、希望引起关注，而此类人多因缺失关爱。别对我说谎！

如果你还恨你的敌人，说明你还没有足够的能力战胜他。如果你真的比他强大，何须愧恨，强者风范自当让他们俯首帖耳地臣服。说白了，你因为恐惧，故而诅咒。

非常愤怒的时候请不要做决定，因为那时你容易冲动；非常快乐的时候请不要做决定，因为那时你容易激动。

“情绪化”是你的潜意识告诉你自己，你对这件事无能为力。所以“情绪化”是最后一招，因为自己没有解决问题的办法，所以才会情绪化。也就是说，首先你必须看穿自己的虚弱，并且认同自己的虚弱后，你才可能不虚弱，也就没必要情绪化。

小心，再大的快乐，习惯了你也会认为理所应当；再大的痛苦，习惯了你也会认为命该如此。人们不习惯刚来的新东西，就像老东西走了也不习惯，但时间让人啥都能习惯。

有时，“虚伪”的确也会打动人，因为善良的人们容易相信；但“真实”对人们内心的触动会更持久，更深远。如果你无法判断“真实”与“虚伪”，你需要做到：1. 自己先学会做真实的人。2. 见过足够多的“虚伪”，这样你才会有对比。

有一天，你发现你的体内有个坏情绪在捣蛋……

你迫不及待想赶走他……

他却怎么也不肯走！

但是如果你接纳他……
他就会安静下来。

外部的赞美，如果是因你外在的光环而来，你要小心，光环一去，它们都会跑掉；如果是因你的内在而来，请小心吸纳，滋养自己前行。批判，有的是朋友给的，他们担心你昏了头，即使说得不对，也确是为你好；有的则来自敌人，你要把谩骂当成屁，连吸都不要吸，一笑略过。

所谓“相信”，是指没人认为你可成功的时候，你告诉自己，你一定可以；所谓“信任”，是指没人认为他可以成功的时候，你告诉自己，他一定可以。相信自己，需要的是信念；信任别人，需要的是勇气。

有个古老的故事：某个孩子想练高明的武功，师父让他天天拍水缸。小子拍了一周快崩溃，师父说继续；小子拍了一个月几乎无法坚持，师父说继续；小子拍了半年，心想你这个老王八蛋骗我，老子不练了，拂袖而去。回家，拍门，一掌，门碎。小子哭着回山中，长跪。什么叫相信？“相信”是指看不见任何未来时你仍旧坚持。

当一个持完全正确道理的愤怒者厉声批判一个做事极糟糕的温顺者时，所有旁观者多认为批判者以强凌弱，是个坏人。人们会本能地同情被批判的人，忽略他们的错误而放大他们的

泪水，觉得他们怎么被欺压得如此可怜。这件事，让我深刻地明白了“有理，不一定有利”。

20 岁到无人的度假小岛上去看 60 岁，60 岁说：“我在此咀嚼回忆，而你正是创造回忆的年龄，这种养老之地不适合你。”20 岁说：“我累了。”60 岁答：“你的命你自定。”年轻时要主动经历生活，而非被动记忆，年老时才有东西可咀嚼。

安全感缺失，与以下原因有关：1. 没钱人和有钱人距离太远，前者看不到有保障的未来，似乎也看不见公平。2. 睁眼闭

眼都是物欲刺激，让你觉得自己活得简直就像废人。3. 传播方式变革，信息传播速度太快，人们天性热衷于传播负面消息，今早刚知道地球一端有私奔和偷情，下午就在地球另一端看到他们出现。

“知恩图报”和“有难同当”是一些人做人的基本准则，能这么做不代表他们有多么崇高，在某种程度上其实他们是要让自己感动自己。你所有可能疑惑和看不懂的事情，其实本质都很简单，但形式上有时会搞得很复杂。

控制情绪五步法，系我的老师武立所传授，这么多年来一直帮助着我这样一个情绪波动剧烈者，很好用，特此分享——“消极情绪不见人，见人不说话，说话不议论，议论不决定，决定不行动！”

所谓“偶像”，只可远观不能近看，越近越失望——任何行业的偶像，再大牌的偶像都一样。但人们通常都不满足于意淫，最终总是失望居多。

有时，为了目标我们会牺牲很多。在顺境时，你会觉得你的付出是值得的；在逆境时，你会觉得这些付出毫无意义。所以，要随时洞见自己，随时问自己“我想要的到底是什么”。越清楚这点，你越知道自己在做的是什么，才不会活得迷茫。

越是正经的人，隐藏的邪恶越多。好在，我不正经，邪恶常外露。如你没有正常渠道发泄自己的邪恶，或你不知正邪转换的功法，你要小心。

有人吹捧你时，你要小心，要高明地低调。当你谦虚时，可用句型：我不行，我自卑，我叶公好龙，我纸上谈兵。

当所有人都看清楚的时候，你已经错过。只有当一切都是未知时，才有大机会，但你敢吗?

不间断地回忆过去，向后看比向前看的时间要多，是开始走向衰老的重要标志之一。

作为一种危险的精神财富，真正的日记，意志薄弱者最好少写。就像易卜生所言，“写作就是坐下来审判自己”。

如果你常常被误会和不理解所困扰，你首先需检讨自己向他人传达信息的方式是否有问题，而非一味指责他人。如你认为自己走在时代前面，可给自己立一个座右铭——“不被理解

是正常的，理解是上天赏赐我的礼物。”当你不再执着于他人的理解时，你就不会再纠结、无助。

在自卑者看来，所有的注视都是鄙夷，所有的问候都是嘲讽，所有的交往都是欺骗，所有的关心都是施舍。人未轻之，而先自轻。

很多人把从他人处得到的尊重等同于自尊，可惜这是两个概念。自尊不能依靠他人，那是你自己的事。自尊心弱者，易受他人语言和思想的左右；而那些评价你的人，自尊心也可能很弱，他们同样正尝试从外部世界中寻求认同。

活得逍遥不逍遥，和责任感、使命感有关，而无关乎是否崇高。说白了，它只和个人目标、个人得到快乐的方式有关。如果只想自己活得爽，顺便影响别人，那很容易逍遥；如果希望影响他人，顺便自己活得爽，就会很辛苦。

惆怅者情感多偏阴柔，善于表达莫名和多余的哀愁，并以此自我嘉许，随时享受着自己的惆怅。而从来没有过惆怅感的人，则会觉得惆怅者根本就是无病呻吟。

如果你对粉丝数量狂热关注，意味着你有如下需求：被关注，被认可，扩大社交，与他人攀比竞争，知名度，影响力。这六点囊括了无限的可能。但你务必小心，因为你无法控制粉丝的质量，所以你也容易被负面的评论干扰。而当你的虚荣心大过抗干扰的能力时，必将被其所累。

关注的事物太多，易分心，易拿自己和别人对比，易怪力乱神，易动摇自己的梦想，自然无法做到聚焦。对治的办法是

寡欲，而减少欲望的可行之道就是减少不必要的刺激，不关注不必要的事物是减少刺激的方法之一。可惜，好奇心和对未知事物的探求欲，会勾引着人们前行。

生活想要快乐，就不能太用力。做任何事都太用力的人，生命有可能精彩，但生活难免枯燥辛苦。

低头，是为了更好地抬头，头压得越低，才能抬得越高。但总是被迫低头，习惯了，有时你会忘了你其实是会抬头的。

别人在事业上给予你的“信任”之所以极其金贵，是因为：1. 你那时没有任何机会。2. 你那时怀才不遇。3. 那时人们只认为你做一件事情行，但却不认为你做另外一件事情也行。4. 你那时已被打翻，普遍认为你再也爬不起来了。5. 你那时显示不出丝毫希望。没有他人的信任，你将缓慢前行，所以你要去回报那些在你最困难时给予你信任的人。

坐副驾不系安全带的朋友，除了怕束缚和没养成习惯外，常用“你开车，我放心”的说法表示对他人的真心信任和自己的坦荡。殊不知这种做法就是将生命安全的责任寄托在他人身上，让他人来承担。而有些自己不系安全带的驾驶员看到副驾系了，反会觉得对方对自己不信任，其实对方亦是帮你减压。

拥有以下几个特征中的任何一个，你的性格中都有控制欲：1. 你要听我的。2. 我希望你听我的。3. 只要你不听我的，你必会有大难。4. 你的事情一定需要我的建议。5. 你的事情，我都有强烈的想参与的欲望。6. 既然你不让我参与，那我就索性不管，但因做不到完全不闻不问，所以必然会拉下脸。

不相干者不理解你，你最多当他是个不识货的主，因为你们人生没交集，不用理睬。朋友不理解你，会让你痛苦，且你的痛苦指数与你认为的你和朋友的亲密程度成正比。也就是说，越亲近者的误会所造成的伤害越大。可惜，别人没义务来理解你。有时，解释没用；有时，你无法拿出东西证明，唯需时间。你要熬到那天！

很多人会抱怨自己没有机会和各种层面的人交流，通常有两个原因：其一，你把“层面”狭隘地定义为“等级”，当你觉得自己位卑言轻时，你没有足够的勇气和胆量与那些比你更有能量的人交流，你其实是害怕别人的一丝傲慢会刺伤你那脆弱的自尊，为了保护自己，你干脆对自己说：“哼，有什么了不起的。”其二，你没看到对方的价值，认为对方没啥用，或你本能地觉得和对方是两个世界的人，不可能有交集。前者功利主义，因为人的天性是喜欢捡已熟的果子，而不喜欢摘将熟的果子。后者随性主义，因为你认为可能和不同世界的人没啥话讲，大家的生活没交集。其实，是你错过了！

虚伪的入门阶段是“小心翼翼说鬼话，害怕自己是鬼，人们知道他想做鬼”；初段是“大言不惭说鬼话，不介意自己是鬼，人们都知他是鬼”；中段是“义正词严说鬼话，知道自己就是鬼，但让人们相信他是人”；高段是“一腔正气说鬼话，相信自己其实是人，并让人们相信他是人”。敢问阁下您法力如何？

问：有人骂你，你生气吗？答：1. 骂者若是你敌，就是希望你气，你气他就爽，何必做敌爽己不爽的事呢？用事实最终证明即可。2. 骂者若是你友，必是为你好，是你的福分，须知千金难买逆耳忠言。3. 骂者中不知真相以偏概全断章取义者，如与你无关，很快便烟消云散，故请关注你自己的目标。

淡然自若和忠诚于内心是幸福者的两大要素。

高手告知滑冰的两个窍门，第一是会刹车，第二要会转弯，两招行遍江湖。做人其实亦如此。“知进为勇，知退为智”，然而众人在诱惑面前，知止极难。

如果说你花几千元买了条狗链套在自己脖子上，你肯定不认。但你其实已经成了手机狗，它使唤你，你随叫随应。早起首先开机，晚上回家前删短信，哪天忘带了，便浑身不自在。我们创造了科技，又想逃离科技，在两极间摇摆。我们就是创造矛盾又享受矛盾的动物。

一条新评论，查看评论。

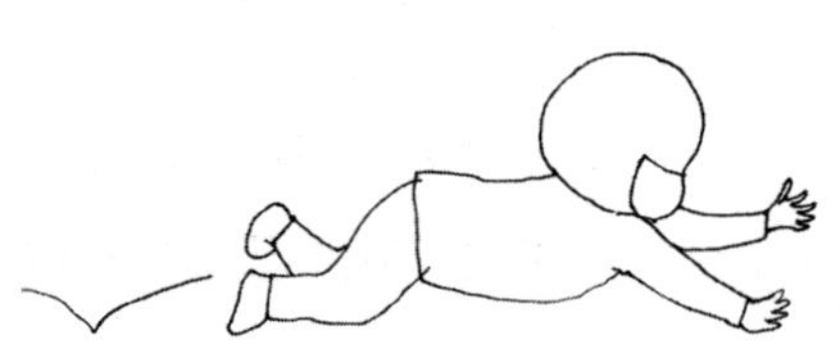

一条新私信，查看私信。

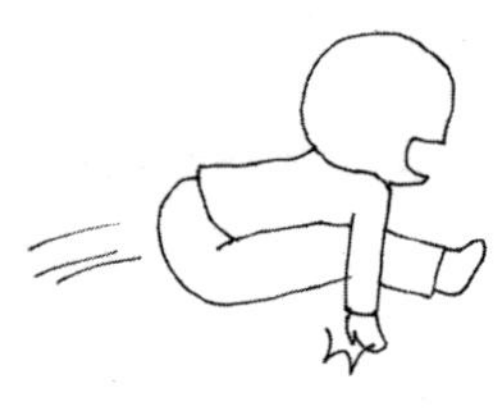

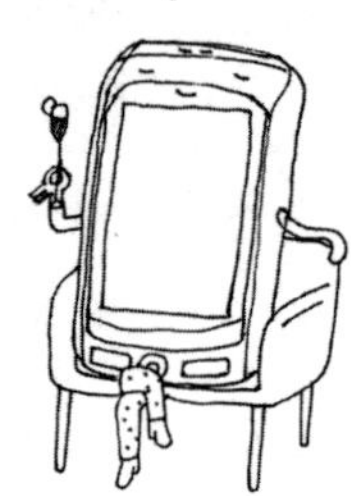

一条微博提到评论我，@我。

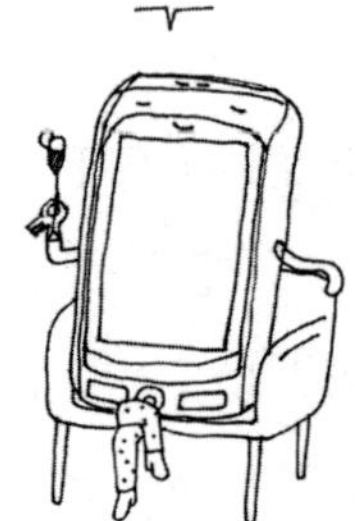

大难仍能同当者，有以下可能性：1. 受难者与自己同出一脉，本就荣辱相依。2. 自己被自己感动，即便共亡抑或与天下为敌，这种自我幸福感和崇高感，远超过“有难同当”带来的痛苦。3. 与锦上添花和无事献殷勤的投机者划清界限，以雪中送炭坚守自己的人格。4. 他人大难时出手，就好比熊市低价买进股票。

向往完美的人必定比向往真实的人多，因为，这个社会，被认为“完美”比被认为“真实”的表面回报要丰厚得多。但如果，你不想昧着良心，你不想让自己的内心不快乐，就要努力学会面对自己真实的内心，并且学会享受真实的快乐。

最好的纪念是在心底留一个角落，放在那里的东西永远不要拿出来。当没人时，你实在忍不住，可拿出来晒给自己看，看好再放回去。如果你没本事控制自己轻拿轻放，还是留在那里不动最好。

偶像崇拜，代表了我们对自己向往但却无法达到的境界的追求！

你知道某些事应该做但不去做的原因很简单，因为，你正在做的是你觉得当下对你最重要的。但如果你确定你的生命只有最后一周，你可能会毫不犹豫地去做那些你应该去做的事。只是，人人都觉得自己的生命不会只有一周的，所以总是重复自己现在的生活。

总是不开心，那是因为总是没有活在当下。

你所有的焦虑，都源于两点："不可知"和"不可控"。

我不快乐，也知我不快乐的原因，更知我明知怎样可快乐却还不去做的缘由。问了一个快乐的人为何如此快乐，答曰：没目标，求平淡，不对比，会自己找乐子，万事随意随缘不强求。

坏习惯，就是你明明知道不会有什么好的产出，但还是忍不住要继续，因为你暂时还没找到新习惯来代替。

当你受到独特的创伤时，上天会衍生出独特的感受给你。

某种行为只要一直重复，就会建立习惯。坏习惯一旦建立，就会成为鸦片，更重要的是，你会相信并暗示自己“是的,我必须这么做”。当你发现自己沾上一个甩不掉的烂习惯，又没自制力时，解决之道就是马上找到新习惯。但须知，任何事的第一次，都还不能叫“习惯”；而任何事，我们都有第一次。

野性有两种：生理上的野性，不仅代表性感，也影射性的狂野，让人们的肉体开始悸动，产生无限遐想；心理上的野性，等于生命力，这对那些内心有向往但长期被压抑的异性更有诱惑力。唯有野性的刺激，才能让行尸走肉重放生命光芒。

说真话的人，不会像《皇帝的新装》中的孩子那样好运，因为没人会说你童言无忌。被戳破真相者会说你居心叵测，不明真相者会说你耸人听闻，没胆说的嫉妒者会说你哗众取宠……这样，被伤害的你，不仅被敌人打击，更被你想去帮的人打击，只能遁出江湖。所以，你准备继续说真话，定要学会保护自己，好好地活着。

性吸引是多数爱情的首要前提，只有彼此视听感官上的愉悦和认可，才有可能滋生爱，这符合生物的基本属性。所以，

什么“男女见面第一眼首先想到的是性，说明你很失败”的话，无疑是最大的屁话。屁话中把“性”这个字狭义化和丑化，片面和刻意地强调人格，故意屏蔽人性。

很多小资手捧《瓦尔登湖》装样子，以为自己明白了梭罗一生中追求的自由是什么。却不知，在梭罗的生命里，自由虽看上去廉价得不需付出任何代价，但却几乎无人能负担得起。因为如果你抛却了物欲，也不用社交，脱离了和他人的关系，有了大把的自由，但在这之后，你还能看到自己存在的价值吗？

不要总用“将来我会改的”来拖延或骗你自己。请记住：没有以后，就是现在！

有时，你我体内的黑天鹅会一直翻滚，做些邪恶且离经叛道之事，难免会兴奋并有快感，尤其对于长期被禁锢、束缚、压抑的人而言。但以下原则须知：1. 不能害人。要有神明意识、报应意识、良心意识。2. 莫要伤己。恣意可，慎妄为，多数人分寸感差，全面否定自己的白天鹅。

武侠小说中的赌圣被世外高人妙子显露的一手赌术折服，三叩九拜想拜师，妙子赠了两字“戒贪”。高手不解，妙子扬长而去，高手尾随死缠。妙子曰：“凭我的赌术，可轻易把这个赌场赢来，但我只赢五十两就离场，这就是戒贪。只有能控制自己贪嗔痴的人，才有资格去赢别人的钱。”

谁都不想没事得罪人，也不想没事都不爽，故指出他人不足一事，关系不铁、责任不大，没人愿干。你若要听逆耳忠言，必须：1. 态度诚恳，让对方感觉你是真需要。2. 勿反驳，

你不同意可问为什么，但反驳＝抗拒。3. 不要拉下脸，这会让对方不愿继续。记住，是你阻碍了你洞见自己性格局限的机会。

脆弱的人经不起批判，也害怕提及伤心往事，因为还没有力量正视自己，宁可自欺欺人。就像有些球迷，生怕别人谈论中国足球的虚弱。他们沉醉于自己的“爱国”情怀，将所有不同的声音一起扑灭。他们未曾想到这可能会骄纵自己所爱，让他们原地踏步，永无出头之日。

人人都有淫邪的念和好色的心。受益者——不说只想只做；单纯者——不说不做只想；压抑者——不说不做不想；倒霉者——不做不想只说。

你不快乐的原因之一是精美的时尚杂志，鼓吹想要优雅和绅士必然高消费，并给众人虚伪的幸福承诺，让你以为那就是你想要的生活和你应为之努力的梦想。其实，那本非你内心所向往的，但大家都这么做，你也觉得自己本该如此，并担心若不这么做就会被时代抛弃。

逃避和放弃的差别是：放弃＝明确地告诉自己“我不要了”；逃避＝通过不做不想或做其他想其他来告诉自己“我又没说我不要了”。

长期重复自己，会很舒服，但无法激发自我突破。须把自己置于未曾涉入过的环境，方可激发诸多潜能。长期模仿别人，无须动脑，但你永远活在他人的阴影中。你不想活得窝囊，就要立志做你自己、活你自己，坚守人格独立和灵魂自由。

聪明的人往往最多杂念，而杂念正是所有艺术在练基本功时最大的障碍。只有守心于一，才能破除我执。

1. 没有足量的肤浅者，岂能衬出深刻者的可贵？ 2. 深刻者知道肤浅者的热闹，但享受自己这种痛苦的孤独。3. 深刻者总希望肤浅者明白深刻的好，肤浅者却从不想改变深刻者。4. 肤浅者觉得当下快乐就很好，你要深刻自己去，少来烦我。5. 肤浅者偶尔需借深刻的外表扮深沉，深刻者却不屑穿肤浅者的“衣服”，虽然有时会羡慕肤浅者活得轻松。

抱元守一

混淆“需要”和“想要”，只能是买回一堆你不需要的东西。“想要”＝欲望，它使我们永不得安宁，因为不可能满足。试图通过购物来满足欲望就像吸毒，你需要越来越大的剂量来满足自己，而满足感的持续时间却越来越短。因为“需要”可满足，而“想要”永不能满足。你索求越多，越不满足；你得到越多，越有包袱。

对于不屑解释的人而言，“解释”意味着打破了内心对于默契的最高向往，他宁可独自品味自己心中勾画的不被理解的悲剧的美。发展到极致，正面的品格演变为孤独，负面的则变为孤僻。

你常买书但却不看的原因：1. 感觉自己很有文化。2. 若不买书，担心别人看了进步，自己则被淘汰。3. 放在那儿就算不看，也是自己的，会有心理上的安全感。4. 这么多藏书，再多一本，无妨。5. 认为自己这次和以前不一样，是有能力看完的。

1. 人天不和。向大自然要得太多，只索取只破坏不保护。2. 人人不和。人际关系的矛盾与碰撞。3. 人己不和。同自己较劲过不去，自己折腾自己。4. 人神不和。不信神无妨，但至少要学会敬神。

你快乐时，正有无数人沉浸在痛苦中。如果你不关心那些痛苦的人，请勿取笑他们，因为某一天，你也许比他们还要痛苦。

寂寞者总把“孤独”作为在空闲时做不了有趣事情的借口；内心丰富的人会努力寻找珍贵的独处时间，学会与自己相处，学会从自己内心获得快乐。

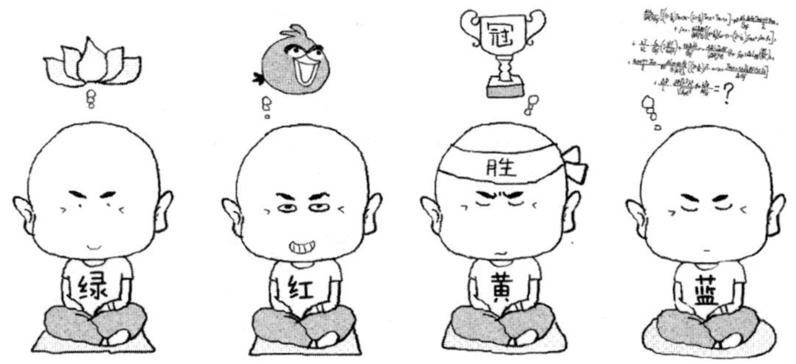

冥想并非什么都不想，而是努力进入能什么都不想的境界。

如果把“家”定义为灵魂寄托的空间，有两句诗早已道明：“我生本无家，心安是归处”“无论海角与天涯，大抵心安即是家”。敢问看官，你此时心安吗？

如果我早遇见你，我的人生也许就改头换面；如果你早认识他，你的人生也许就乾坤逆转；如果他早知道我，他的人生也许就重新书写。可惜，现实的人生没有“如果”，只有“既然”。诗人与理想主义者常道“如果”，商人与现实主义者常说“既然”。

如果不为打发时间和消遣，对你而言，真正的好书四有其一即可：1. 美感——文字的韵味。2. 收获——学到新东西，获取新心得。3. 感动——让你哭得稀里哗啦。4. 共鸣——觉得道出了你的心里话，或表达了你不知怎么表达的心理。

做一个真实的人，你需要有自我独立的勇气，需要有一双可甄别真假的眼睛，需要有一颗感知世界一切美好的心，需要知道真实并不代表任性，真实不是自己犯错的挡箭牌。真实者可能犯错，但真实者绝不伪善；真实者可能在表面上妥协，但真实者知道在真理与时间面前，矫揉造作终将烟消云散。

唯美者见到如下美的组合普遍丧失免疫力，丢盔弃甲，甘愿五体投地，此组合名为“甜美的忧郁＋淡淡的哀愁”。忧重则烦心，甜美为佐料，如诗；愁浓则苦相，淡淡的有味，如画。所以，高明的造美者，扮相当如斯。

比房，比车，比工资，比压岁钱，比情人节礼物，比穿衣，比去过的地方，比名气，比老公，比老婆，比儿子，比粉丝，买内衣比罩杯，进澡堂比JJ……也许你内心不想比，但你永远不自觉地比，随时随地，如影随形。只要他能我不能，就不爽；只要他有我没有，就郁闷。如此，我等怎可快乐？

内心时刻充满幸福感的唯一途径是向内追寻，而非从外获取，但要做到非常难，因为你的本能习惯是向外看别人。所以，有个极简的方式可马上操作，那就是“对比”。既然你的自卑来源于向上对比，那么你的自信、满足和快感也可来自向下对比！要主动去看那些没鞋穿的脚，没书念的娃，没饭吃的人……

理论上，诚心礼佛则处处都是西天，但仪式感很难被替代，尤其为人祈福总要通过什么来表示诚心。友人开刀，担心进去就出不来了，我说：“羡慕你终可好好休息，无须为身外俗事烦扰。”然好事尚未做尽，怎可轻易放过？自当罚尔静心数日，动弹不得，方知我佛慈悲。

他说他快乐，我说我不快乐，你问：为什么啊？答：我总做加法，他总做减法；我想要的多，他想要的少；我要得急，他要得缓；我走的是人道，他顺应的是天道。

真实需要勇气，说谎需要胆量，虚伪唯需一点点道貌岸然的礼数。

狭义的“复仇”是报复打击，广义的“复仇”是证明——

证明我是对的，你是错的。但证明有高级和低级之分。你爹是富豪，旁人对你谄媚不尽，突然你爹垮了，你变为仆人，那些人开始鄙视你。数年后，你爹友人携巨额遗产来找你，那些人又重新笑脸相迎。低级做法是把钱扔在他们脸上，高级做法是当一切从未发生。

当评论一个不喜欢你的人时，你仍旧会对别人说“此人很牛 ×”——能够将你的个人情感与理智判断清晰地划分，证明你的境界上了一个层次。

古训“穷养儿，富养女”，乃因穷养长大，方知为价值和女人奋斗；富养长大，方可不被价值和男人所诱。

当你一无所有时，打碎自己进行变革很容易，纵使什么都没得到，原来是无产者，依旧是无产者。当你有了一定的根基，打碎自己就很困难，变革成功将锦上添花，若是失败则声名尽毁得不偿失。故有产者革命比无产者革命更难能可贵。

你很难不去在乎他人的看法，毕竟，你的价值需要由无数个他人认定，而非你自己说了算。但为何有人会说“走自己的路，让别人去说”？因为你不可能让所有的人满意。同时，有时人们对你的看法，随着时间的推移，会被发现是错误的。所幸，价值是到最后才认定的。

科学与艺术有着不同的创造模式，但在最深的骨子里，只有两样核心基础——真与美。因此，对美具有天生的敏感性，对真有本能的珍惜和呈现，是科学家和艺术家的重要素养。

在你非常需要机会的时候，那些手握机会的人却不肯给你机会，你唯一能做的，就是委曲求全、忍辱负重，用事实向他们证明自己。如果你有仇恨感，则来自他们对你的不信任。所以，对那些在你无助时给你机会的人，你会感恩！但你可感恩，却不必仇恨，因为正是有人不给你机会，才成全了那些给你机会的人和你自己。

我们一直被迫接受“时间＝金钱”的概念。但，时间不是金钱，二者有本质区别。如果你把 100 元存起来，那么第二天你依然有 100 元，如你拿来投资还有可能更多。时间却非如此。你不能储蓄时间，你不能突然决定把今天所有的小时都存起来留到明天。当你明早醒来，今天已过去。你无法使用今天你拥有的时间。

收拾东西，减轻累赘，变卖自己不需要的东西，并非为了回笼现金，而是为了更好地感受轻松快乐。有时我们会因在某物上已花了很多钱，舍不得贱卖，暗示自己不如暂存，也许某一天会用到。这种可悲的行为就好比当你看电影时发现片子非常无聊，但你会继续待在电影院等到结束。浪费时间，是因为你已花钱买了票。

以我有限的人生经验，对待背叛最有力量的态度是宽恕！无法宽恕者，常因自己是受害者而不能原谅对方。可惜，如你还恨你的朋友，说明你还在乎他；如你还恨你的敌人，说明你还没有足够的力量战胜他。宽恕可让自己感觉高大，可让被宽恕者自责，并在精神上对你仰视。

同行相轻，相似的行当也相轻。我们不愿意承认他人“伟大”，是因为我们羡慕嫉妒，但常打出的幌子是“他还不够好”“不想让他骄傲”等。人们更愿用“伟大”来形容两类人：死者；离我们太遥远，以至于无论如何我们都望尘莫及或毫不相关的人。

你可愤世嫉俗，执着于诸般不公，但如你无力改变结果，天天怨愤又有何用？不若厚积，伺机而发。但多数人在抱怨中失去斗志，忘了初衷，被历史吞没。

当人生因为一个成功而凝固时，你眷恋，就只能得到这么多。你想得到更多，就必须离开，而且暂时要付出代价。

“色即是空”，高深的理解，色乃世间万事万物，一切虚幻终将消逝，所以要看破，放下空相。粗俗的理解，美女就是屁，但多数人无法做到把美女当成屁。真能如此，需做到：1. 见过足够多美女。2. 知道越美的女人等于越大的炸弹。3. 要被比美女更有诱惑力的事时刻吸引着。

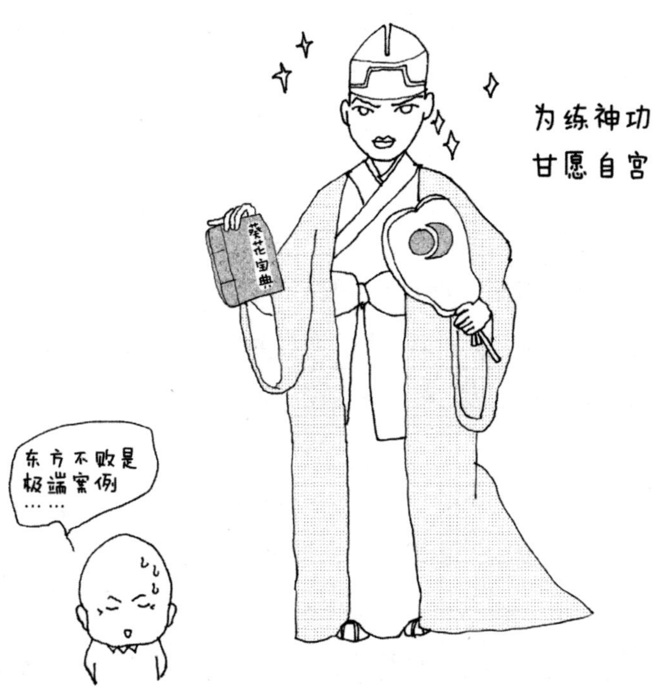
葵花宝典
为练神功
甘愿自宫
东方不败是
极端案例
……

我们中的多数人已经完全臣服于网络，一日不碰网，就担心自己被时代淘汰，担心别人比我们早知道了一些我们不知道的东西，担心自己会错过一些重要的机会和信息。原本我们把网络当成自己的工具，现在日益成了网络的奴隶。标志之一便是，你已不再读书，你对快餐文化的汲取成为你生活的全部。

比谁撒尿撒得远，是很多男人小时候都玩过的游戏。那时尿虽细，但内部动力大，所以豪气冲天，确实能把尿撒得又高又远且弧线优美。年龄越大，尿柱越无力，到知天命时，基本人人处于“迎风淌泪，尿流滴脚背”的状态。

有两种心灵关系让人沉醉——默契和信任。“默契”的神奇在于，你们是同时存在于两个身体的一个灵魂，彼此相通，是对方生命的一部分。“信任”的珍贵在于,即使你们素昧平生，却愿将自己交予对方，毫无保留。默契很难得，可遇不可求；信任很难，只是感觉，并无理智因素。

父母常以爱的名义强迫子女接受他们的爱，且必须把父母爱的方式也一并接收，却很少考虑孩子的感受，因为父母认为只要是爱，必是对的。造成悲剧的，逼婚只是一种，更要命的还有强迫子女改变人生规划和强行扭转个人喜好。譬如，在古代常用的招数就是：“你不这么做，爹死不瞑目啊……”

“境杀心则凡，心杀境则仙……”易受外界影响者当每日吟诵。

“怀疑”多来自与你无关之人，“误会”则与亲近之人有关。怀疑者弱于你，则当他是屁；强于你，请证明给他看。误会者越亲，你必越痛，或沉默，或发飙……

有天赋者不少，有天赋又勤奋者不多，有天赋又勤奋还愿相信的人更少，有天赋又勤奋还愿相信并愿付出的人少之又少。这四样都做到，就成了。前两样容易理解；“愿相信”是指所有人都告诉你没可能看见希望时，你仍会去做；“愿付出”是指先不问结果（不是不要结果），做了再说。多数人在后两关阵亡，因为觉得太傻。

很多追星的人，敬仰和崇拜自己的偶像。如果你追的人和追的过程，能让你成长，让你得到启迪和营养，让你能与你心中想成为的人越来越近，你要用心去追；如果你追的人和追的过程，只是让你迷恋，让你得到意淫的快乐，你只是为了追而追，那是你的悲哀。无论你追的是谁，其实本质都一样。

一个四十多岁未婚的老男人，和我探讨他择偶的标准，就是一定要是处女，情结很重，总找不到，问算不算自己心理有问题。我说这种事情各有所爱，不好评论。我只能说没性经验的，除了可满足你心理上的需求，不会带来身体的愉悦，毫不实惠，你要自作孽，我也无法。

重复的好处是技艺精进，像卖油翁，可在某一领域取得深度体验；重复的坏处是使人厌倦，让你无法体验生命的宽度，探索自己的潜能，打破自己的隐性桎梏和枷锁。你可选择在一件事情上足够专业，傲视群雄；但你若敢打碎自己，你将有意想不到的未来。你要对自己更狠些，年轻时不狠，年老时你会后悔的。

对比原理一：自卑源于对比，自信也源于对比。

对比原理二：向上对比让我们痛苦，向下对比让我们欣慰。

对比原理三：我们会自动选择那些与自己差不多的对象去比，比自己低太多的让我们怜悯，比自己高太多的我们无力嫉妒。

对比原理四：在所有对比中，最易让你不能接受的是与相识者的对比。与陌路者的对比最多让你空发牢骚，而与相识者对比的挠心真真切切。特别是与原来和你在同一起跑线（甚至更低）但现在比你混得好的人对比，让你更痛，且他越好，你越痛。

对比原理五："人比人，气死人"之说其实只适用于红色性格，并且我敢肯定除了周瑜先生，气死只是说说，不会真死。因为蓝色性格更可能"人比人，闷死人"；而黄色性格必要"人比人，搞死人"，搞趴下你，才是正道；最后一个绿色，很无辜地看着你们："干吗要人比人呢？不累吗？"

幸福是什么？幸福就是满足感！满足感！！满足感！！！

为何我们无法强大——我们对自己发的誓很快就因自我原谅而灰飞烟灭，我们反复在同一件事上犯错，在同一个坑里摔跟头，我们要完成的事总完不成，我们不停地给自己留最大的余地，寻找最美好的借口。我们缺乏一种叫自控的东西，所以我们永远也无法强大。

做任何事情——记住，是任何事情，无论是泡妞还是学习，如果你是抱着随便看看的心态，你就得到随便看看能得到的东西；如果你认为这里有宝藏，觉得可能会得到一些意想不到的东西，即使你不愿投钱，但至少可认真地对自己说："我愿意投入时间先做了解。"

满足产生最大的快乐。

如果你习惯了周围的掌声、鲜花和吹捧，得到越多你会越麻木，你会认为理所应当，一旦没有，你会失落；但如果你开始享受掌声、鲜花和吹捧，你就会无法保持头脑清醒，会活在精神鸦片里，会忘记自己是谁，会恐惧自己失去他人的关注，更会为得到加倍的关注而挖空心思，你会为了别人而活。

艺人的可悲在于未成名前天天想着成名，像吸食鸦片，成名后必定付出没有自由的代价，然后盼望着回到从前。可一旦被打回原形，无人关注造成的落差会更难忍受。更可悲的是，就算明知如此，还是要走这条路，因为多数艺人无路可走，可选的路太窄。

自卑源于对比，心理不平衡也源于对比。差别在于：前者，你很清楚自己永远无法超越对方；后者，你认为一切是不公平的制度或其他因素造成的，否则你定有机会超越对方或得到同样的成功。

对于所有愤怒时容易抓狂且本能反应是同归于尽的人们而言，在激动时做出的任何反应和决定都必须慢半拍，这是最重要的。就这半拍，可以救你的命；就这半拍，可以让你不后悔；

就这半拍，可以让你发现某件事情乃至这个世界并没有你想象的那样不可救药。

幽默感源于轻松的生活态度，过于执着和对目标过于在乎的人很难松弛，最多嘴里说说自己有幽默感罢了。

“崇拜”源于对未知事物的神秘感，或对那些力量比我们强大者的敬畏。前者一旦走近，没了神秘感，幻想就破灭；后者敬畏对象的力量必须足够强大才可保持。所以对神的崇拜永在，因为神无法走近，因为神的力量比人强大。

感性
杀无赦
这个唇印是怎么回事？！

有话好好讲！！
理智

怒是小力量，只能临时震慑他人。恕是大力量，却可服人。但一个人从不会怒，单单只会恕，可能就是个东郭先生般的懦夫。曾经历过暴怒者，却能修炼成为懂得宽恕的非凡之人。

生命有无限深度，你我都是尘埃。有再大的不快乐，你只是一粒尘埃；有再大的快乐，你也只不过是一粒尘埃。

如果你赋予其意义，每天都将是人生的一个纪念日。

不要让他人偷走你的梦想。这个世界会有很多人试图用打击、侮辱、质疑将你击垮，如果你在意，你将一无所成。

指东打西
当他们哪一天发现
我不值得崇拜时，
会连真理也一并扼杀！

我们不会毁于我们憎恶的东西，
却会毁于我们热爱的东西。
——赫胥黎

禅师说法，信众无数且痴迷崇拜！禅师叹息自己不够格再当上师，信众问为何。禅师说：“我本为传道，帮学生接近真理。但当渡人的船变成偶像时，人们忙着接近我，却失去了本该学习的目标。”

观察白道精英与黑道老大，发现他们道虽不同但有相通处：1. 感受不到他们的情绪变化。2. 能和敌人笑眯眯地做交易，能和友人冷冰冰地立规矩。3. 征服世界的目的是征服更大的世界，而非为了征服更好的女人。

所谓旅行，是去自己想去的地方，而非去那些人们说一定要去的地方。可惜我们嘴边总挂着那些耳熟能详的地名并被景点广告时刻勾引。当我们走过那些众所周知的风景后，应当找机会去自己心中最向往的地方看看。虽然那里可能只有乡野流水与村夫，但这才是找到你心中净土的旅行。

佛经有载，某狂人让织工织锦，丝越细越好，待已细若微尘时，狂人仍认为太粗。织工指着空气说："这就是细丝。"狂人问："为何我看不见？"答曰："太细，似我等专业人员亦不见，何况普通人？"狂人大喜，重赏。此事，与皇帝的新衣如出一辙，可见古今中外，到处皆有这种享受自欺欺人者。

罗素当年提过，今日的女人袒胸露背来回走动，但对我们的影响却没有以前的女人露脚指头来得大。这证明越是隐藏的事，越能激起我们的好奇心！

久等了.
没关系，
您慢慢来.
久等了.
真是太没效率了……
没关系，
您慢慢来.

加一根香就
更完美了。
不好意思，
有电话……
③
看来您真的很忙呢。为
什么不尝试一次只做一
件事情呢？
④

著名日本艺术家带美国导演去认识茶道文化。在破旧农舍前，看到老妇人蹒跚而出只拿来一个茶碗，又走回屋拿来铜壶，然后是茶盘……每次只带一件东西。艺术家说："这就是茶道。"原来茶道精神是：每次只做一件事。

老公若不爱他老婆，就绝不怕她，此正所谓"因爱生畏"，惧内也算是一种美德。春秋时，伍子胥流亡，见专诸和人打架有万人之勇，势不可当，但其妻一呼即还，便问为何。专诸哼了一声，答曰："屈一人之下，必伸万人之上。"

事一：王某养两只高产母鸡，一只因下蛋脱肛被王某炖吃，另一只为女伴愤愤不平，绝食抗争，数日后气绝。事二：夫妻进城，小偷欲窃妻包，夫不敢阻，打妻一耳光以示提醒。妻因夫软弱而无地自容，遂离婚。两事相较，动物有志，人却无志。

当年敬老会，齐白石拉着新凤霞目不转睛。护士颇有微辞："有这样瞧人的吗？"齐老不爽："我都九十多了，为啥不能看她？她长得好看。"新忙哄老人："您看吧，我是演员，不怕人看。"旁人劝齐老收了新做干女儿，皆大喜。至性之人实令人羡。但若只有到老年才可不压抑自己，亦属悲哀。

不是所有的格言警句都一定对人有用，很多本身自相矛盾。"人离乡贱，物离乡贵"对"树挪死，人挪活"；"万般皆下品，唯有读书高"对"仗义每多屠狗辈，负心总是读书人"；"酒是穿肠毒药，色是刮骨钢刀，财是下山猛虎，气是惹祸根苗"对"无酒不成筵席，无色世界人稀，不为财谁早起，无气要被人欺"。

刚退下来的县长连县委大院也进不去，这是国企和政府头头们的悲哀，而更大的痛苦并非丧失权力而是无事可做，众星捧月的感觉瞬间全无。原来可天天开会，一群人专门在下面给他们鼓掌，现在都没有了，没人认可他们了。所以我拟办个离

退休干部说话俱乐部，专门找人听这群老朋友吹牛，满足他们说话的欲望。

清代围棋国手范西屏被誉为“艺以道成，有自来已”。道是要每时每刻用生命去体验的，稍有闪失便会堕落。传说，乡人修炼飞行术，神仙警告：飞时切勿起邪思即可。道成，某日飞过岸边，见一女子玉臂洗衣，怦然动心，哐当落地。有时，你的失败，在于执着于技巧，见术不见道。

“我爱你，但与你无关”，这话和茨维塔耶娃的“你的痛苦不是因为我，我的悲伤不是因为你”相比，前者的姿态更甩（南京方言，自负、傲慢之义），后者的腔调更妖。

鹤山才子易大厂乃近代知名的怕老婆的代表，自谓生平有三怕，却不包括老婆。别人问他哪三怕，他答道：“一为观音，佛力无边；二为老虎，张牙舞爪；三为夜叉，赤面獠牙。老婆年轻时美如观音，四十如狼似虎，老年则丑似夜叉。所以我不惧内，只惧观音、老虎与夜叉。”（大意如此）这可爱的老头有痔疮，后因不自控饮食，死于肠炎。

经济学家甲乙二人同行，遇狗屎。甲说你若食尽，可得吾百万，乙照做。继续前行，又遇狗屎，乙说你若食尽，百万还你。甲亦食，拿回百万。归途，乙沮丧于一路毫无效益，甲说非也，吾等创造了两百万 GDP。虚物好造，实则难算。

鼓励大学生努力创业，可缓解就业困难和社会压力，但并非每种性格的人都适合创业。不停地告诉那些不适合创业的人“当老板多光荣多美好啊”，与告诉一个男同性恋者“女人多美好啊”一样无效。每个人有选择自己生活方式的权利，每个人得到快乐的方式不同。鼓励你要有梦想，不等于鼓励你一定要创业。

弘一法师，典型的红色性格。姓李，幼名成蹊，学名广侯，谱名文涛。继名岸，后名息霜，号叔同。娘死后，改名哀，并号哀公。在试验断食后，再改名为欣，后又改名婴。释名叫演音，号弘一。此外还有很多笔名、艺名。他的名字之多，可以象征其一生的善变。他改名字起名字，就像你换 QQ 签名一样频繁。

友人微博上说“买了 12 堂健身教练的课程，外加一张乱停车的抄报单，5000 大洋就这样没有了”。我对她说，你拿出一半的钱就可以参加我们的性格色彩研讨会，你一生的人际关系和内心的幸福就有了基本的保障。人们总是习惯花钱打造外在形象，而不愿意投资在心灵的成长上。

黄胄在回忆录中道：“刚开始接触驴时，只看到驴的外形……只能分出驴的大小、雌雄、色别，再看不出什么差异。”千万次观察后，他眼中的驴便各有千秋，即使同一头驴在不同时候也有不同神情。这与读人相同。若胸中没有人的千变万化，就不可能理解，为何同一种性格色彩下会呈现出完全不同的人。

明太祖杀人，太子则救人，太祖问“俺和俺儿子谁对谁错”，谋士说“陛下法正，太子心慈”，滴水不漏，全无破绽。反正，杀了是严守法律，不杀是宅心仁厚。又想起有人问禅师：“遇杀生时，该不该救？”禅师答曰：“救者慈悲，不救者解脱。”不管咋说，都是对的。

很多女演员嫁富人的原因是自己实在太苦，见过的漂亮男人太多，远不如钱财安全实在。我没有太大的赚钱欲望，但从小就担心将来老婆会跟其他男人跑掉，所以逼着自己努力。即使女人不爱钱，万一她爹娘患绝症需要钱，另一个男人可提供，她只能痛苦地跟别人走了，那时我能说什么呢？故唯有拼命。

让你死并不狠，让你生不如死才够狠，其基本策略就是：践踏你的尊严。先把你孤立，让谁也不敢同情，再通过舆论把你搞臭变成公敌，剥夺人权，使任何人都可随意侮辱你，叫你喝痰食便，打伤亦不许医院治疗，逼你“畏罪”自尽。且自杀时，还须喊着把你弄死的人万岁，若敢有丝毫不敬，死后诛你九族。

一个出色的化妆师，除了活干得好以外，必须要有两个专业态度：1. 话少。2. 把别人的脸当自己的脸。

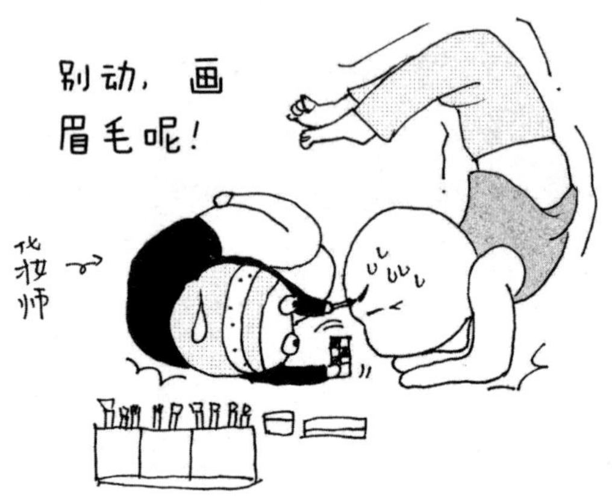

看《张大千传》，他模仿石涛可以假乱真，功夫高超，原因有二：一是迷恋，二是苦练。凡事不迷恋，好不到哪儿，第一流的艺术家，都像有神经病，因为爱是艺术的源泉。大千先生死皮赖脸地跑到别人家里去观摩石涛的真迹，别人不欢迎也赖着不走，这需要何等的勇气，需要多厚的脸皮！想想自己，脸皮太薄，欲成大事还得再厚。

好事多磨的关键其实不在“磨”。我年轻的时候认为“磨 = 大挫折 + 大喜后的大悲 + 多变”，认为这是关键。现在发现，“多”才是本质。每次都在你觉得自己快要抓到好日子时，好事就飘走了，换来的是噩耗。这种事要“多”到什么时候呢？多到有一天，你觉得好事和坏事其实都是平常事，你就成了。

对作家而言，最大的荣耀莫过于书被读烂，仍被读着。

名利场里的吸毒者，要么生活中无比空虚，需要找刺激让自己知道自己还活着；要么觉得没有任何新的刺激，需要花样翻新，并且都认为别人会栽跟头，自己的控制力很强，绝对没有问题。一旦下水，总希望同道者多多益善，因为心理上总觉得法不责众。说白了，名利来得太快，自己不读书，毫无信仰。

常混夜店，举手投足难除夜店气质。常去教堂，虽不见得你能得到玛利亚的神韵，但至少你离她越来越近。如你有本事，当然最好能马上做到心杀境；做不到时，可由外而内，先改变自己的环境以及与自己接触的人和事物。

假设你遇人不淑、妻离子散、家破人亡、钱财耗尽、罹患绝症……你还要相信美好的事吗？是的，这是我们对抗悲剧的唯一方法！

过去一直以为唐比宋发达。其实，人口唐5000万，宋1亿；超10万人的城市唐17座，宋52座；城市在唐夜里宁静漆黑，宋则喧闹灿烂；行业种类唐有140个，宋有440个；进士登科唐200年3000人，宋300年10万人；长江流域在唐被称作“江南瘴疠地”，在宋被誉为“上有天堂下有苏杭”；奴婢在唐好比畜产，在宋则是雇佣良民。

参加婚礼，目睹台下众宾客各状。举凡恋人，皆流口水，女方多腻在男方身上撒娇，眉目流转，其意直指“你看看人家，我们啥时办”。举凡夫妻，多低头猛吃，偶尔说几句废话，表情漠然，略带冷笑苦笑以及莫名之笑，其意直指“看你们现在高兴，嘿嘿……”

“死是一件不必急于求成的事，死是一个必然会降临的节日。”2010年12月31日，史铁生死了。2011年伊始，我们失去了一个纯净的孩子和一个干净的师长。

微博评论者中，非黑即白的人多，所以极端者多，放狠话者多，考虑问题单纯者多。我们对善恶的理解会随着所见所闻增广增多而调整，这意味着成熟。有些人逃避成熟是因为他根本不想长大，宁愿在童话世界中长久待着，这样就不用为复杂的未来承担太多责任了。

请华纳昔日资深制作人列三位最敬佩的歌者。答：1. 王菲——在声乐方面太天才。2. 刘德华——没有一秒钟停止过奋斗的工作狂。3. 叶倩文——从不迟到，尊重自己的职业。天赋要靠爹娘，工作狂并非人人都享受，但我等均可从尊重自己所做的事开始。

单纯追求数量、不重质量，不仅是国民经济的严重问题，组织与个人也是如此。我自己也会鼠目寸光，杀鸡取卵。严重警告我自己，要按长跑的速度去长跑，而非以冲刺的速度去长跑。就这一年，虽做了很多事，但人已迅速从青年进入中年……

《时代报》称，北京人口是香港的 2.5 倍，但车辆数量是香港的 9 倍！港人不买车绝非因为你以为的用车贵。而是：1. 公交太便捷。2. 公交不太拥挤。3. 坐公交也有尊严！舒适干净的乘车环境，令即使衣着讲究者也不会觉得坐公交会有失身份。京人如此，最主要是因公交软硬件太差，不得不买车以与糟糕的公共空间隔离。所以，根子是尊严啊。

“职业”和“专业”是两码事！前者是指靠什么吃饭，后者是指能力和精神。有很多业余的人也能把事做得顶级专业。如要混口好饭吃，或所有的热爱都在这处，你应在意的是职业；否则不必拘泥于职业本身，让你的专业精神大于你的职业符号。

职业选择的经验：1. 如果有可能，选自己喜爱的事，这样能保持你的激情。2. 除非是为了生存，请确定你所做的事能让你离自己的目标越来越近。3. 除非可快速积累原始资本，否则请把个人成长作为选择的重心。4. 换职业不换行业，换行业不换职业，保持个人发展的连贯性。5. 年轻时如不尝试不冒险，老了你更不敢。

约伯坚信自己敬畏神，很正直，无罪孽，但他却蒙受了一次大过一次的灾难。朋友劝他："神不会惩罚无罪的人，你可能有罪吧！"其实，有时蒙受灾难并非是神对罪人的惩罚，神也会给予忠于他的人严酷的考验，神之所行有时是超越人的理解界限的。

据说，拿破仑登基时，站在天台上，底下民众齐声高呼万岁。拿破仑对站在他身旁的弟弟说："如果我上了断头台，他们也会这样欢呼的。"这个故事告诉我们什么才是气场：不是塑造氛围，而是内在的控制。

侦探类古书中有许多"因欲望而出轨"的故事。《包公案》中，因色欲而起的就有数十起，这其中有好多件是和尚搞的，打破了你以为的和尚清心寡欲的观点。所以，欲望是强烈而可怕的，如得不到合理疏导，又总被仁义道德的大棒压制，要么伤天害理，要么男盗女娼。

《封神演义》表面是人间商周大战争天下，实乃阐截两教天上斗法。众仙家中嫉贤妒能、争强好胜者与凡人无异，仙界亦不清净。

生活好辛苦，不妨听取李渔所劝：睡有睡之乐，坐有坐之乐，行有行之乐，立有立之乐，饮食有饮食之乐。而旅途之苦，居家之乐，此等况味都要一一品尝。若能见景生情，逢场作戏，即使悲事，亦成乐事。

张君宝放弃投奔郭靖，而终成张三丰，只是因为无意间听见乡民说："你一个男子汉大丈夫，不能自立门户……当真枉为生于世间了。"人生如此奇妙，恰好他在路边休息，听见两个乡民的对话，从而决定了一生。人生中不知有多少这样的相遇，多少这样的迎面而视、擦肩而过，可能这个机缘对你毫无影响，但也可能瞬间让人生天翻地覆。

一个老师的好坏，需要学生在很多年后用他们的人生经验才能判断，但最终让人难以忘怀的根本，是真实人性、真知灼见、真才实学。

欲从事艺术者，若无家底、背景或贵人相助，初入江湖，须明白经济独立才能人格独立，经济独立才能艺术独立……多少人，在通往经济独立之路上，无法面对自己的内心不平衡，艺术梦在半途破灭了……

如你希望自己立体丰富有宽度，不狭隘不钻牛角尖，需做三事：1. 多读有系统和有思想的书，而非只通过报刊和网络吸收支离破碎的信息。2. 多和有故事、有想法、有阅历的各种层面的人交谈。3. 尽力多走些地方。

当你看《非诚勿扰》时，不要当成纯相亲片来看，心态上要当成谈话片、社会现象片、交友片、挑战片、辩论片、三教九流片。可惜更深刻的宫心计片、合纵连横片的味道你暂时看不出来。

培训业，入行门槛可高可低，参差不齐。你想给商学院那些 CEO 讲课，你须搞个比他们还大的公司让其臣服，或搞些他们一辈子也弄不懂的耀眼的学术光环，这门槛不低；你想给应届生做入职心态培训，你入职一年，也可昭示你是职场老人了，这门槛不高。但前提是，你肚内有货，且能让别人相信你有他要的货。

大学时代最应看重的事：1. 锻炼、锻炼、再锻炼，多数人真正工作后，将不再有机会大量锻炼。2. 多读杂书，少读科班功名书，涉猎越广越好。3. 努力找到自己喜欢做的事，以尽早确定方向。4. 谈一场身无分文的恋爱。

成吉思汗听说丘处机懂修炼之道，不远万里请他来对话。处机言，欲天下者，必不嗜杀人；问治国之方，答以敬天爱民为本；问长生之道，则告以清心寡欲为要——所谓以自然道养自然生。可惜元太祖做不到寡欲。

毛姆收到一封女人的来信，这位年轻的女读者说：“我读了你的作品，觉得你一定是个了不起的大情人，很想爱你。后来发现你比我爷爷年龄还大，只好放弃了。”毛姆说：“可见爱情绝不是属于精神的，它与肉体密不可分。”

子路像孔子的兄弟，但孔子最爱惜敬重的学生还是颜渊。此种倾心以待，不只因为颜渊知识道德的成就，也不只因为颜渊可读懂孔子，更在于他既能体会孔子的“道”，又能坚定相信自己的老师和“道”的价值，还能坚持“道”的理想不动摇，且当面对困境时从容应对，不受外界干扰。

因梦想与现实落差过大，多数真诚的梦想家总是和时代对抗，不合时宜，知其不可为而为之，让自己一生流浪。流浪者唯一的居所是心中的梦想，唯有颠沛流离是流浪者的生命基调。这并非流浪者想要的，但如此方才成就了圣者的图像。

相对于老子，孔子无比风光。在世弟子三千，死后家族兴旺。不幸两人都没赶上太平盛世。孔子与老子不同质：老子毕生深入宇宙自然，研究天道与人道，是哲学家；孔子一生侧重政治伦常，希望解决社会问题，是思想家。在老子面前，孔子仿若童昧未开的愤青。事实上，孔子终生处于上下求索而不得的生存困惑中。

辜鸿铭的一生总在逆反中度过。大家认可他反对，众人不喜欢他叫好，人人都不屑他偏尝试。追求与众不同成了他的快乐。某外国太太反对辜鸿铭的纳妾主张，问他:“既然你认为一个男人可娶四个太太，那么一个女人是否也可有四个丈夫呢？”这个拖小辫子的老头说，只有一个茶壶配四个茶杯，没有一个茶杯配四个茶壶的道理。

法国人贡斯当说:“古代人的自由是在公民之间分享社会权力，现代人则把对私人快乐的制度保证称为自由。”而普通人理解的“自由”是可以在不违背游戏规则的前提下随心所欲，想去哪儿玩就去哪儿玩，大块吃肉大碗喝酒大力泡妞。在所有的自由中，还有一种弥足珍贵的“心灵自由”，可惜多数人都没这个东西。

罗素提到“理想的生活应是激情所鼓舞、理智所引导的生活”。罗老师的一生,是此理想的最佳体现。四任老婆两位情人，个个天香国色，所谓激情所钟;《数学原理》一书如同天书，作者被敬为天人，此理智所致。这种理想的生活看上去真美，可遇不可求，我也很想拥有。

当年邻人打你老父致重伤，此仇不共戴天，你恨不能生啖其肉。天降大火烧其屋，你在旁拊掌大笑，恶有恶报啊。火势太大，其状甚惨，你救，觉得自己对不起老父，好像忘记了仇恨与耻辱；你不救，担心自己等同于当年打你老父的人。在历史的长度与宽度面前，很遗憾，纠结代表狭隘。

有两个排名极靠前的微博，对梁洛施人生轨迹描述前面全一样，差别是一说梁 23 岁时赚了 5 亿 + 豪宅，另一说是 30 亿 + 豪宅，不知谁靠谱。爱情不敢信，婚姻不敢信，现在连这么重要的八卦，基本数据都瞎来，所以听听就算。只是苦了和梁同龄的女孩们，备受刺激，纷纷做起白日梦，也准备剑走偏锋。

我们擅长运动式解决问题的思路，出现灾难，赶紧开晚会，激励民众，号召捐款……大难之后，需要一个完善持久的机制来完成的事情，都无人再顾及，之后大家习惯性遗忘。事件和激情过后，人性普遍麻木，所以历史总在重演，我们缺乏持久有力的人性力量。

咱不能被僵化的教育牵着走，自救的方法就是读书！广读杂书，在读书中区分良莠，不只为功名利禄而读，学会不偏听、不偏信、不妄下定论。别以为杂志、报纸和网络就能让你成为阅读达人，那根本不是读书。没有思想，只会跟屁，无数信息碎片只会让你更焦虑、更恐慌、更浮躁、更浅薄。

杭州太守白居易见禅师住在树上，担心他的安危，禅师说白很危险，白不解。禅师解释：“你文章好诗也好，做官还要动脑，心火相煎，念识不停，很快生命要烧干。”白默然，问怎样快速解脱。禅师说：“诸恶莫作，众善奉行。”白说这太简单了，谁都懂啊。禅师说：“三岁小孩都知道，百岁老翁却行不得。”

绝大多数既得利益者不会去变革，保住现成的最重要，管他娘以后的，和俺又无关；部分有良知的中小既得利益者有心变革，要么力道太弱被灭，要么渐被诱惑而同化，要么发现自己根本无力变革，遂消极混日子；极个别有良知的大既得利益者，敢于革自己的命，可惜太柔软太理想化，在无情而理性的斗争中往往壮志未酬身先死。

演员像造梦人，他们塑造着我们的梦，帮我们实现着梦，让我们在意淫中完成我们自己无法做到的。所以演员和民众总要有距离，越远越好，不要近，近了梦就要破灭。主持人则反之，要亲民，代表民生民意民心说话，帮助观众说出想说但无法说出的话。你和大众越近，越能成为民众的代言人。

作为公务员的他，十年前到丽江，受到巨震！见开店的都是变卖家产游荡此地做小本买卖的年轻人，白天自然醒，找三五知己喝茶晒太阳，画喜欢的画，弹喜欢的琴，去想去的地方，自给自足，银子不够了就去赚，再继续自由自在。人生苦短，管他娘的社保，去他奶奶的工资。他羡慕得流口水，十年后他还是公务员。

某地生虎患，县官亲作告虎文，对虎讲诸多道义，相约各不侵犯。命人去山口立碑，把向老虎提出的“和平条约”刻在碑上，向神祷告，画地为界，与虎分疆而治。不料虎不理睬，立碑之日咬死匠人。县官以为自己向神虔诚祈祷后虎便不吃人，此心理因怕虎而生。怕，便不敢打，听到虎吼便腿软，只好求神。须知，恐惧无用，必须面对。

梁实秋有一名言，大意是浪漫的爱可望而不可即，永存于追求的状态中，永被视为虚无缥缈的东西。一旦真与这样心爱的人结合，幻想立刻破灭。爱变成了恨，自由变成束缚，于是再周而复始开始追求心目中的爱。雪莱与拜伦，包括徐志摩，都在追逐所谓的灵魂伴侣而终不可得。他们爱的不是某个女人，他们爱的，其实是内心的理想。

某女被想要潜规则她的领导孜孜不倦地骚扰，想叫老公来揍领导，又怕打碎饭碗。我说你先要谨防那些欲被潜规则而不得的人因为嫉妒对你暗下黑手；其次，他若执着地不肯撒手，说明：你比林冲老婆漂亮，他的权力比高衙内爸爸的更实际，你性格软弱，故让他认为必能得手。

女人想要不被客户或上司骚扰，有何方法？如果你毫无背景，不要让别人感觉你软弱和善良。对于宁死不从的邓玉娇和冷若冰霜的小龙女，有企图者都会心生恐惧，但多数女子担心这样会破坏了关系下不了台。那还能用的招，就是让这个男人知难而退，或让他把你当哥们儿。

痛哭有时不代表痛苦，而是某种感受被长期压抑后的瞬间释放，可能是幸福，可能是释怀，也可能是对过去的人生都白活了的感慨。

众目睽睽
当一个人对于悲情的场面无动于衷时，那个人内心也许隐藏着更深的悲哀……

小乐子，我久坐生闷，想出去云游一圈……
可又怕景不如意，空欢喜一场。
纠结中……
近日突发灵感，想写本小说放在微博连载……
但恐不好看，无人问津。
纠结中……
"非诚勿扰"上有个女孩不错，我想上节目将其手牵……可说不定，她并非我想象中那么好！
纠结中……
心动不如行动……你呀你！
贪圆满，爱纠结，只怕最后落得终日空想无所获！！
喝！

但凡男生在《非诚勿扰》节目中说“今日特为 ×× 前来，她的气质深深打动了我，对其欲罢不能”这样的话，基本上都是屁话。归根结底，简而言之，就是好色，只是需要一个好听的说法，还不如说“这个女孩对我而言最漂亮，我想要她”来得豪爽，来得有种，来得爷们儿，来得真实。我等了两百期，也没遇见这样的男人上来!

我对真人秀节目的喜爱在于：一切不可知，一切有无限可能。唯此,方可激发内心深处的探索欲。所有的精彩源于突发!

录完《非诚勿扰》下台后，常有男孩女孩对节目播出后自己将面临的状况迷茫或不知所措。我告知：无所求则无所惧，有所欲必有所慌。人之受累，常不在于谤，而在于誉，进而由誉遭谤。

在其他台的相亲节目看到《非诚勿扰》过去的几个男人，俨然已成为“电视相亲专业户”，流水走得好生顺畅，与女人的对话好生娴熟，重复了千遍的故事好生抑扬顿挫。我问我自己，为何当时在《非诚勿扰》上要心软，不让他们死得难看一些呢？转念一想，人人自有其动机，何必点破？

不少从北京、天津和东北三省来的男人，都喜欢强调自己是“爷们儿”，似乎不这么说，自己就不是男人，更有甚者，强调自己是“纯爷们儿”，给南方男人潜意识的下马威。大概是认为人在北方就是爷们儿，体形魁梧就是爷们儿，说话大大

纯爷们空降！

咧咧就是爷们儿，大块吃肉大碗喝酒就是爷们儿，做事豪爽就是爷们儿。其实，敢于担当才是爷们儿。

我提出对“爷们儿”的语意联想，表达对内心不“爷们儿”但言必称“爷们儿”者的不屑，引发不少反应。按照我对“爷们儿”的肤浅理解，我认为自己太懦弱，连“娘们儿”的坚强都不如。反观有些同性恋的朋友，外表不爷很娘，但表现出的担当，会让那些拼命标榜自己、玷污“爷们儿”三字的人汗颜。

有个女生问男生：“你愿意帮我买卫生巾吗？”男孩极其羞涩地道：“我愿意。”女生说：“嗯，你是个勇敢的人，我也是，很好。”我对男孩说：“你傻了，你应该马上说：‘我愿意，那你愿意帮我买安全套吗？’”全场雷鸣。民众很喜欢这种大俗的话题。可惜，没啥好乐的，播出的时候全被剪了。

截至2010年底，《非诚勿扰》中我内心真正激动的有4次。1. 其貌不扬的陆元龙为唯一留灯的心动女生唱《今夜无人入眠》，技惊四座，众人后悔。2. 高敏俊坦陈自己曾经的颓废，但人们不接受他的涅槃。如果真实不被鼓励，虚伪反被吹捧，天理何在？ 3. 单亲妈妈许馨月被想要宝的警察带走，可我救不了她。4. 穷人的孩子尹晓艳刺激我送了普希金的诗。

一个剽悍的女子需要一个更剽悍的男子来征服……在安福路话剧中心看完《驯悍记》，可惜《非诚勿扰》节目中上场的男子几乎都是红色性格，没几个是内心真正剽悍的……

《非诚勿扰》中男女嘉宾配对成功后，总要跑到我和黄菡面前鞠个躬，搞得我们像高堂。这种感觉很怪，逼得我只能每次回应：孩儿们平身，祝你等早生贵子。

明天录《非诚勿扰》民工专场，我不太知道说话的尺度。如成功配对的多，定有人跳出来攻击节目，说是故意美化底层

人员，着意粉饰太平；万一场上男女不对眼，最终配成的少，定有人控诉节目歧视弱势群体。反正说多说少都是错，所以明天俺想沉默微笑，俺要设计陷害黄菡老师，让她说，哈哈……

此次民工专场，女生与过往节目中女生的总体明显差别是：一、最恨男人赌，却少有人提出介意男人劈腿；二、少有人介意与公婆同住；三、导演说女生们普遍自带的服装是裹胸小礼服。我个人被震撼了。

民工专场是否更淳朴？未必！其实上了电视，都一样。一个女孩昨天在现场真诚地问男嘉宾："我初次拜见你父母有多少见面礼啊？"男嘉宾说 999 元。女孩灭灯后说："咋给的数目不是整数呢？"

民工专场，女孩们灭起灯来其实比早期节目中的那些女孩更狠更快，更不留情面。她们更渴望成为城里人，被城市接纳认同，符合 D 女想找 C 男，C 女想找 B 男，B 女想找 A 男这一"人往高走，水往低流"的基本规律……

民工专场中某女，节目播出一周内求爱信收到手发软不讲，老家县城的化肥厂隆重请她做代言，为地方经济扬鞭催马。时隔两周后见到，该女话语眉目皆有巨变，宛若隔世。

现场出现了一个心理和生理经历都单纯无比的男子，估计女生嗨了，突然矛头转向我，蹦出来一句“喜欢处男还是处女”，全场愕然无语。众目睽睽之下，主持人神情殷切，充满鼓励和对答案的向往。我胆寒，故郑重答曰：“我不喜欢处男，也不喜欢处女，生活处处需要经验。”

“老公”上周终极挑战是看能抱老婆坚持多久，最后一个小伙子坚持了 5 分多 5 秒，双臂发紫，几近残废。老婆喃喃耳

语，眼中泛起泪花。这一幕直接导致电视机前许多女人都要求老公抱自己，看是否也能坚持这么长时间。男人们纷纷说不行，女人们很沮丧。其实如果当初求婚时，女人提这个要求，男人肯定行。

自称我“二叔”的男嘉宾上了《非诚勿扰》节目，瞬间被台上女子群殴，羞辱而亡。原因是，“二叔”注重效率、目标明确，心想反正已来到六朝古都参加节目，为快速推进，心急火燎地提前一晚到女子们下榻处探查。一群烈性女子牢牢记住了这个“坏坯子”，于是上台后斩立决。

无论是因年少无知冲动还是过往婚姻不顺而离婚，单亲妈妈表面坚强，但不少人对离过婚耿耿于怀，担心有孩子之事拖累人家，故内心自卑，总觉得在婚姻市场中低人一等。她们面对单亲爸爸或离婚男时，还觉得双方平等；但遇见喜欢的单身未婚男，时常思前虑后。

单亲妈妈在再次恋爱时，不管她们是否承认，很多人会觉得低人一头。有时，她们会提出些要求，借故吓退对方，保留自尊，譬如：“我已经有孩子了，不想再生了。”

参加《老公看你的》的夫妻，多数配合默契度很不够，这与婚龄太短兴许有一定关系。我一直期待武侠片的情节出现：男方啥都不说，女方啥都知道，最后双方相视一笑，说："要死，我们一起死。"这一幕，估计我是盼不到了，但我还是执拗地幻想着，翘首期盼小龙女杨过一般的诗篇出现。

某期《老公看你的》，其貌不扬的矮个儿富二代带高个儿美女老婆参加，众人不屑。节目播出后，这位累得口吐白沫的老公受到观众欣赏。原因：1. 他自己受家族和富二代标签压抑，故为展现骨气拼死而战。2. 挑战时多次摔倒，无比尴尬，观众不忍。3. 身上没有李家公子跋扈之风，讨的老婆也不是大 S。总之，富贵而不惹人厌的基本原则是：不斗富，不炫富。

50% 参加《老公看你的》节目的夫妻，终极旅游目标都是希腊。希腊旅游局不知道在中国施了什么魔法，让这么多伴侣都五迷三道。有三种可能性：第一，人们认为爱琴海＝爱情海；第二，不到海边似乎就没有爱情的见证；第三，大家听说过的好地方太少，只能拿希腊做代表。

孟非总说："我比乐嘉善良，乐嘉比我聪明。"其实，在这个问题上，呵呵……

孟非经常掐我的原因是，他很清楚我不会生他的气；我掐孟非的原因是，无论我如何调侃，他总能接住。我们心领神会，无人可搞时，我们对搞。

孟非最高超的功夫在于，粉色的语句一经他口，便会变得正气凛然、刚直方正，很高雅；我的悲哀在于，再荡气回肠的句型经我说出，也可让人红晕顿生、浮想联翩，很低俗。而李好是正宗的优质偶像派，从不开与色欲有关的玩笑，有圣人味道。

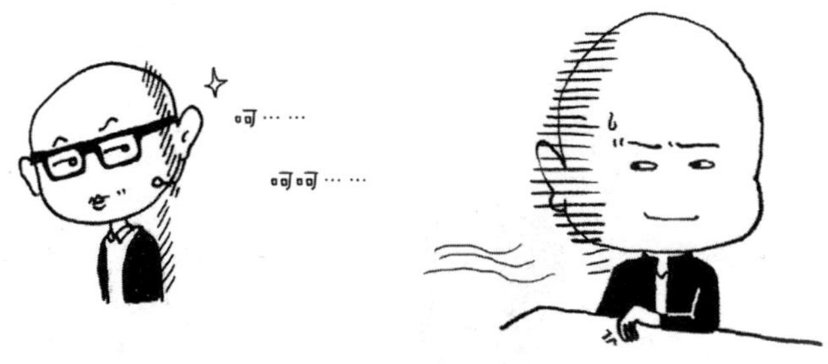

媒体又问我和孟非的差别，我今统一作答。因为天性中我比他多了“黄色性格”，所以：他比我豁达，我比他极端；他遇事比我轻松，我遇事比他紧张；他宽容性比我强，我批判性比他狠；他挖人内心稍触痛处便不忍下手，我则认为唯有痛楚方能使人成长。总而言之，一句话，孟非更注重“人情”，我则更注重“人性”。

今日某男在最后环节，问了女生一个自己臆想出的问题：“如果你爹反对，你会和他一刀两断，和我离家出走吗？”这个问题和最早节目中某男问“你是否愿意和我一起还房贷”的问题本质相同——其实都是男生借此要女性表个态，表态本身比实质重要得多。

我想改变自己的风格,走“温良恭俭让”路线,导演威逼我:“小乐子你听好,你只有邪恶,孟爷才能仁慈。”过一会儿,孟非悄悄地和我说:“你如此仁慈,大家会觉得今天节目你没来。”我就哭了……

一个小伙说自己曾经参加过某个心理课程,所以性格从内向变外向。我很好奇,尾随其后,从编导处探知这小子很有来历啊。原来国外有“泡妞俱乐部”,港台又称“把妹达人俱乐部”,这个组织有男有女,专门交流面对自己心仪的对象不自信时,如何克服恐惧,努力用专业的技术把女孩到手。可惜当年从来

没人教过我，全靠自己摸索。

为让自己在节目中屹立不倒，现在嘉宾在拍 VCR 时都极善包装。为使自己立于不败之地，几乎人人强调自己“孝顺”和“喜欢小孩”。朋友的评价每句话都经自己审核，尤其强调的缺点是“重色轻友”。这三个特点，已多到令人作呕……

有一个自家卖红酒的小伙子上台，说自己不喜喝红酒，做生意只是为了生活。我喜欢这兄弟，因为他说真话。有太多连红酒杯都搞不清楚是什么的人上台，为了显示自己的小资情调，VCR 中必手持红酒轻啜一口，面色凝重地看向窗外，好有文化和深度啊！从来没见有人说自己喜欢喝二锅头的。就拼命装吧。

某韶龄女子在节目现场突发神勇，尺度忒大，直接对男生说："我听一影视导演说，男女关系有三种：第一没关系，第二吻关系，第三性关系。请问你想什么关系？"全场编导花容失色，意欲大棒加之——不知她遇见的是什么狗屁导演？男子窘迫，我帮腔："如果你敢，现在第一关系，下台第二关系，今晚第三关系。"女子面赤哑然。

有的男人是之前看《非诚勿扰》时被某女勾魂，特为此女而来，殊不知节目乃提前几周录播，待来时女孩已被配走。但迄今，我也没看到哪个男人闻听此讯后的头抢地，长啼着怆然离去，并放话“她既走，我留此做甚”。我看到的都是愣了一下，继续物色新的目标，发现很多好女孩后喜气洋洋地全情投入……

常看到某男在《非诚勿扰》节目最后环节还有一女为他留着一盏灯，结果该君轻轻一挥袖，断然离去。你可理解为他是

个坚守内心美好爱情只为心动女生而来的好男儿，你也可理解为这人只顾自己，不管台上女孩的尴尬难堪。角度不同，评价不同，若终日被评价左右，就无法快乐，但求无愧即可。

朋友的表弟发短信问我台上某性感女还在否，看短信的意思是如果还在，就准备上来把她领走。我回复："小兄弟，你此刻激素过多。记得，幻境最美，意淫更实惠。胸大不能当饭吃，奶水总有喝干的一天，天下一胸更比一胸大。若你三月后还念念不忘，再来找我不迟。"

曾获得女子游泳世锦赛第四名的退役美女昨参加节目，我问她这么多年辛苦，为何后来退役。她说自己从没喜欢过游泳，是被喜欢体育的爹娘从小逼的。举国体制下的竞技体育，基本上都是全身后遗症，体罚家常便饭，大姨妈来了，只要你能睁眼就照样训练。我楼下瑜伽房的教练当年是体操冠军，说的是一样一样的。

昨晚，我对一个狂热的养鸽人无比激动地说了一番超长的话，大意是：人生成就最核心的要素不是梦想，不是激情，不是坚持，不是信念，不是专注——其实所有这些的源泉只有一个，就是热爱。没有热爱，狗屁都做不了。结果编导说"狗

屁”二字咱节目用不了，要重录。我试了三遍，找不回那个状态了。

我对在三室两厅中养了数百只鸽子，以养好鸽子为人生追求的苏晓龙说：1. 有了热爱，梦想和目标不会改变和动摇。2. 有了热爱，激情自然而生，就像你爱一个人自然会有生理反应。3. 有了热爱，就会开心，做让自己快乐的事情是不需提醒自己要坚持的。所以，热爱是一切成功的基础。

想泡妞并非只要有感觉就行，世界上有感觉的人多了去了。并不是说一定要有钱，但至少你需要努力，必须让人感觉你是有心的！某一期《非诚勿扰》，有小伙子上来直奔某女，台上说的所有的话和送的所有礼物，表明他对该女的情况了如指掌，

鸽圣

分明是对她的所有博客文章熟悉得倒背如流。女孩动容。你啥功课都不做，你能得到啥?

节目现场，有人说我宣扬不正确价值观。我的原话是:“如你们的结婚是错误，离婚可能对大家都是解脱。”为了所谓形式的完整而死死相耗，耗到两败俱伤，这不是崇高，而是打着自我牺牲的旗帜，行愚昧之实，最终伤人伤己。

观众的心理是希望看到花好月圆、男女牵手，但有些台上的人自己内心不一定愿意配成，那只是观众的一厢情愿而已。配不成，下台后的机会更多、选择更多。所以观众大可不必善良地为他人担忧，为某男扼腕叹息，指不定他心里正美着呢。

现在的男人和早期来的男人，在心态上有很大差别。现在来获取体验感和打擂感的逐渐变多，他们将参加《非诚勿扰》作为自己人生最重要的梦想之一，是来圆梦的，找女人已沦为次要目标。

当一个人对于悲情的场面无动于衷时，那个人内心也许隐藏着更深的悲哀……

枪王江晖，这小伙子上次节目后收到 3 万封邮件，几乎每封他都回信。可惜，这孩子还不明白，他以为的仁慈、善良，会让他堕入万劫不复的深渊。如果你是给他写信的人，你会痛恨并痛斥我，觉得此语是对喜欢他的人巨大的不尊重。如果有一天，你是他，你将明白，他必将为此所累。

为何节目中的男嘉宾总是要坚持选择令自己心动的女生，自取其辱，甘撞南墙？原因有：1. 生活总要努把力。2. 认为自己必定与众不同，死的是别人，自己的结果会不一样。3. 旁边的女生实在不喜欢，万一带下去不好交代，还会损失更多机会。4. 向大众显示自己是无比专情的。

男生问：如我婚后出轨，你们会怎么办？一号女答：我只准你出轨一次；二号女答：婚前不可出轨，婚后可以；三号女答：你出，我也出。黄菡老师说：宽容是美德。我说：你们都说得好好哦。

某男用令人无比感动的自制短片和钻戒，到节目上向已离开他的女子求婚，女子拒绝。故感动不能当饭吃，每次出状况都用此招，就不灵了，感动太多就像习惯性流产。有时我们与其说感动他人，不如说是感动自己。另外，“没有你，我定活不下去”的剧情生活中不是没有，但更多出现在浪漫小说中。

数月前某广州女孩在节目上说，女人有“青苹果、熟苹果、烂苹果”三种。第一种青涩可爱，含苞待放；第二种成熟妩媚，风华正茂；第三种落于土壤，回归自然。照唐酽所说，就是女孩熟到几分，关键是看她面对曾与她有过瓜葛的男人时，是否仍能泰然自若。若能做到，是熟得不得了的熟啊。

《非诚勿扰》是棚内拍的脱口秀，《不见不散》是用电视剧手法拍的纪实片。

外拍真人秀节目随时有变数，只能走一步看一步。摄像兄弟在船上拍得兴起，一脚踏空，人没了，众人高呼:“机器呢？”大家都遵从“机在人在，人亡机不亡”的铁律，将人性咔嚓掉。他爬上来后，众人排队敬姜汤，那兄弟热尿不断。最后一场骑摩托艇，费力布置，好不容易一切就绪，突然女嘉宾妈妈的大姐来了。大家痛恨：你为何不晚个十分钟来?

《不见不散》中，我与魏海娜在秋千上的谈话，希望能让她明白两点：1. 你被鱼刺卡了喉咙，下回就小心点吃鱼，但如果你永远不再吃鱼了，那是你自己的损失。2. “只要真诚，铁定天下无敌”乃屁话，绝不可信！有多少情侣都有真爱，但最后还是惨烈分手，只因不懂得相处之道。所以，不知自己的问题，定会付出代价。

很多女观众问我怎样可搞掂《不见不散》中光头李月增那样的男人，我无招但有式：1. 他不喜欢被女人征服，而喜欢征服女人，故此不喜欢控制欲太强或自觉无法掌控的女人。2. 如果他感觉征服太麻烦，或需要耗费精力太多，将超过他的耐心，也会收手，所以有些明明喜欢却故意摆谱的女子要注意分寸。

心软的男人面对两个自己喜欢、对方也喜欢他的女人，会选择坚强的还是柔弱的？保弱弃强，那是陈家洛，他要了香香公主，舍了霍青桐；选强弃弱，那是令狐冲，他跟了任盈盈，丢了仪琳。你知为何会如此吗？《不见不散》中刘健与俩女孩的纠葛，其实就是生活版陈家洛的重现。小说，并非纯属虚构，皆有原型。

成都合江亭爱情斑马线，路人皆知，当地交警创意不赖，《不见不散》的结局拍摄落于此地。一群人日夜颠倒死去活来，把《不见不散》搞得像认识自我和他人的教学片，真刀真枪，赤膊上阵，呈现恋爱的复杂，电视编剧可从中看到最真实的生活原型。恋爱不是请客吃饭，不是花好月圆，不是玉石俱焚，但即使终归平淡，人们仍希望轰轰烈烈。

可能你看《不见不散》时，觉得电视上的人怎么都这么傻，自己绝对不会犯这样的错误。可惜，这个世界绝大多数人的自我认识都只是皮毛，包括正看这句话的你，你上去可能比他们还傻。我希望这个节目帮助更多人在寻爱的同时，洞见真正的自己，获取前所未有的力量。

昨晚《不见不散》播完，农业部的大哥看到我抡锄头耍镰刀的把式很专业，推测我可能会修地球，邀我参与一个农业节目。我想象了很多桥段。用性格分析耕地，肯定扯淡；不同性格的人喜欢种什么农作物，也挺掰扯的；除非分析袁隆平先生的性格和人生，还能有些作用。若用不上专业，我想不出自己上去有啥用。

《不见不散》节目，初看者总拿它和相亲节目做习惯性对比。其实它的本质是，以男女交往中真实的碰撞作为记录的载体，呈现和探讨人际沟通技巧，帮助参与者洞见和挖掘真实的自己，从而使当事人自我突破，观众得到借鉴。与《非诚勿扰》相比，前者强调情节及思考，好比博客；后者强调对话的精彩，好比微博。

某期《不见不散》结尾三句话：1. 自信可以帮助你从低谷中走出来，但过分的自信就是自恋，不是世界上所有的人都喜欢一味自恋的人。2. 我们眼中的自己和别人眼中的自己有巨大的区别，洞见自己是一生的功课。3. 只有倾听自己内心深处的声音并追随，才能获得真正的快乐。

如果你一直执着于《非诚勿扰》的配对牵手，你将无缘体味众人对话所带来的思索；如果你一直执着于《不见不散》的最终约会，你将无缘读懂他人内心的声音，更将无缘洞见自己身上的问题。节目是一面镜子——照妖镜，照别人也照自己。你要学会不仅为了娱乐而看节目，还要为了自己的成长而看节目。

《非诚勿扰》的奥妙在于它的语言交锋，但正因节目形态强调短平快稳准狠，故无法展现结论推导的过程及立体的解决方案。说白了，可以给你无数新鲜美味的大鱼，但是不能详细教你怎么捕鱼。而《不见不散》的奥秘则是呈现怎么抓鱼，怎么进入他人内心世界，怎么做到识破话中话，怎么认清自己的软肋和命门。

一个新东西出来，很容易死；一个被做烂的东西，也很容易死。独裁不好，无政府也不好，民主很好。所以，有一些人在做，有良性的竞争，对大家都好。我分享《不见不散》节目制作的秘密，缘于此。

我做过的四个节目:《非诚勿扰》，享受，能说的都说了，最核心的奥妙，我不会说什么;《老公看你的》，好玩，但因我发挥的作用很弱，我不知说什么;《别对我说谎》，动魄，录了十集，播了一集，天时不到，留待日后，我不能说什么;《不见不散》，最用心，所学用得最多，我已说了我想说的。

如何能在规定的尺度内游走自如，让电视中的对话既高雅智慧又诱惑人心，让道貌岸然之士无话可说，让低俗之辈顶礼膜拜，让高雅之人读出朴实与人性，既可阳春白雪，又可下里巴人，这是一门很深的学问。

以牙还牙

知之难，不在见人，在自见！

不说

不听

不看

默默"艾特"一下就好了……

城市清道夫：乐师父，请问光头最大的好处和坏处各是什么？

乐嘉：好处：找起来容易；坏处：找起来太容易。

shen 英：每次看《老公看你的》都要到晚上一点左右了，看到你跟女嘉宾说话真是紧张，感觉好尖锐，看得我提心吊胆的，不过还是挺吸引人的……现在看你比原来越来越顺眼了，也越来越帅了。

乐嘉：感谢！再丑的人看习惯了都帅的。

红颜木槿 Suk：您有没有对参加《非诚勿扰》的哪位女嘉宾动过心，哪怕只有一秒钟？如果有，那您是怎样处理的？

乐嘉：很多啊。就像我在银行做柜员数钱时喜欢钞票一样，但是你不能带回家。

翊敖煜杰廉韦 mei 婕丫：那么多期的《非诚勿扰》，来过无

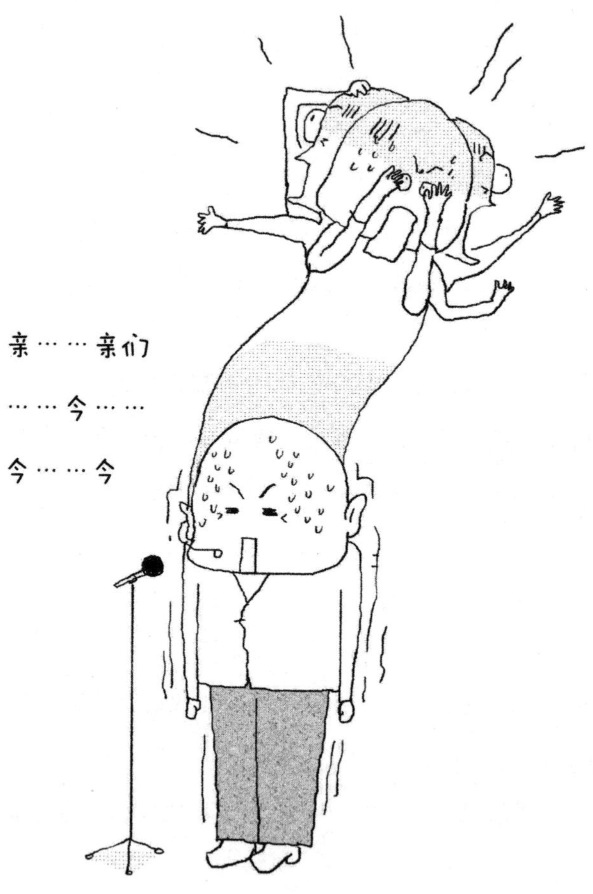
亲……亲们
……今……
今……今

FPA

数美女，你就没看上过谁吗？

乐嘉：张无忌他妈临死之前对他说的最重要的一句话就是“越是好看的女人越会骗人”。

坏坏冰：人到底要经过多少次感情经历才会成熟？

乐嘉：和高手一次就够，和低手要很多次；聪明人一次就够，笨的不吸取教训的要很多次。

peterjhyd：我也想成为性格分析师，你收徒弟吗？

乐嘉：你并不想成为！这个问题在官网和博客上介绍得很清楚，你丝毫没尝试了解过。

海星骑士的木马：怎么办，我现在觉得没有一个男人能比你好了！

乐嘉：因为你见的男人太少太少。

GG 乖宇翔：现实和浪漫哪个更重要？为什么？

乐嘉：有饭吃的时候，浪漫重要；没饭吃的时候，现实重要。

董廷伟 90：现在是 80 后和 90 后的时代，我想问，你有什么要对 90 后说的吗？

乐嘉：管你是几零后，都是那一套——最重要的，知道自己是谁，知道自己要什么，知道自己要走哪条路。这是人生中一定要做的三件事。

yivi 洁：您比较欣赏什么样的女性？

乐嘉：个性修炼胜于我的美女！

易紫武艺：为什么大家都不看好我们 90 后？我们做错什么了？

乐嘉：你们什么都没做错。不看好 90 后的，多半是 70 后和 80 后。等到你长大了，也许你要不看好 00 后和 10 后了……只要你看好自己就可以了。

w_zhe：乐嘉老师您好，我很佩服您的思维和语言能力。您经常比较尖锐地批评台上的嘉宾，您不担心伤他们的面子吗？

乐嘉：他们比你想象的强大，请相信我，你多虑了。另外，你还不明白一个道理，他们没带走女人比带走女人对他们更有利。而观众不明白，观众总觉得带走女人对他们才是好的。

小蝎子乐园：老师好，有句话叫作能医不自医，您可以帮别人进行心理分析，请问您自己如果有了心理疑问是怎么解

决的呢？

乐嘉：人们口中常念“南无阿弥陀佛”，那么请问佛遇难念什么呢？答案是“南无阿弥陀佛”。为何？原因是求人不如求己。同上，我自救。

橡纱：您觉得光头最大的魅力在哪里？

乐嘉：不是所有的光头都有魅力，不是所有的大胸都是美女……

吴栏坡一枝花：前不久拒绝了一个富二代。在物质主义的今天，我做得对吗？

乐嘉：你仍在提此事，说明你很在乎，你还在后悔。

恬妮宝宝：为何您总能一针见血呢？

乐嘉：因为我没有耐心，不喜欢扎两针，太慢。

小余 166：我想问你一下，如果男人有外遇，而且被捉住，他对女人说他会改，这是真的吗？女人应该相信他的话吗？请帮我分析一下，我现在正处于矛盾状态。

乐嘉：假的，但还是应该相信。因为你找的下一个，可能还是这样；就算不是让你头疼这样的问题，也会让你头疼另外的问题。

莫小酷：前任女朋友和我分手了，可是还经常约我出去，每次都去那种奢侈的地方，比如高档的西餐厅，我不知道该怎么办了！

乐嘉：没钱不要打肿脸充胖子，虚荣心害死人。

迷迷迷雾：你觉得大S和汪小菲会长久吗？

乐嘉：他们是否长久，与我无关。他们是否长久，与你有关吗？除非你准备借鉴他们的人生。

羊小娇：乐嘉老师，你的偶像出生了吗？

乐嘉：所遇之人，皆有胜我之处；胜我之处，我必学之。

彩彩JOY：你觉得谈了半年恋爱就同居适合吗？还没有结婚就帮他洗衣服做饭等等，会不会太卑微了？如果开始做家务了，怎样做才可以不着痕迹地停止呢？

乐嘉：1. 同居的开始，与恋爱的时间长短无关。同居对婚姻的作用是，可以提前进入婚姻状态进行彼此的磨合。2. 所谓的卑微，是因你心存谁高谁低之念。两人世界，经济地位可能有差异，思想境界和学识可能有高低，但是情感上完全平等。3. 如果你想停止，很简单，没有爱，即刻停止。

aduck 三：我敢去找小姐——知道小姐的意思吧。但是我单独跟女生在一起很不自在，脸红——我是说跟不熟的人。这说明我性格内向吗？

乐嘉：动性不需胆，动情却需心。

席六蓉 SayNo：我愿化身石桥，受五百年风吹，五百年日晒，五百年雨打，但求他能从此石桥走过……可是，当他走过时，我会断了这座桥。我想知道我是个什么样的人……

乐嘉：一个愿与情人同归于尽的可怕的人。

咪咪依依：嘉爷，爱情很奇妙，每个人对幸福的定义都不同，那您眼中的幸福是什么呢？

乐嘉：做自己喜欢做的事，享受自己想要的真正的自由。

挖到你呕吐：乐嘉老师，有人用文字伤害过你吗？

乐嘉：经常。把他们当成要成就你的人即可。感谢他们的存在，让你的生命有了别样的挑战和价值。当然，对于狗屁不通的文字伤害，要学会怜悯和慈悲。

阎王和上帝：我感觉我喜欢不喜欢我的人，讨厌喜欢我的人。这是什么心理啊？请教。

乐嘉：哈哈哈，贱！专业地说——你需要挑战，太简单的关系无法勾起你的兴趣。

猪坚强是我 _v4y：老师，喜欢你的笑，太有穿透力了！可以怎样训练呢？

乐嘉：我笑得比较放荡。遗憾的是，还真不是刻意的。真刻意，就变成淫荡了。所以听出放荡，说明此人不羁；听出淫荡，说明此人不堪。

Yuki_Baby：现实一些对女孩儿是好事还是坏事？

乐嘉：你越成熟，考虑问题越立体和多角度。你越单纯，考虑问题越极端化和片面。总之，这个世界不是非黑即白的。

木头斯基：你有过人生低谷吗？有的话是怎样度过的？

乐嘉：想着你的目标，时刻想着，用目标助你熬过所有的痛苦！

奉天城管：你头上的尖是怎么练成的？

乐嘉：只要功夫深，铁杵磨成针。

VitaminEcho：我最近发现很多女生一不小心就会因爱生

恨，怎么会这样？

乐嘉：因为得不到，因为付出与得到不相称，所以才恨。说白了，那些人还是把重心放在自我上，爱的是自己，不是别人！

独自等待她：内向老实的男生怎样追女生？

乐嘉：会有女生倒追你的！如果你真要主动，那就不要用语言，用行动，默默地。或者用等，不战而屈人之兵。

红酒女人_：好奇问一句，当风景都看透，你还能简单爱吗？

乐嘉：风景看透，返璞归真。

往往幸福：一个孤独的人意味着什么？一个寂寞的人又意味着什么？

乐嘉：一个孤独的人可以和世界对话！一个寂寞的人只能和自己对话！

大馒头的老婆：老师，为什么男人都那么花心？

乐嘉：生物界，雄性的天性是寻找更多质量上乘的雌性繁殖后代；雌性的天性是找到最好的雄性保护自己。

王家小 D：请问乐嘉老师，一个人到底该怎样才能自信起来？这次您一定要回答啊，我都问您三次了！

乐嘉：不要试图一口气吃成胖子。先做一件很小很小的事情，但是要做成它；以后每做成一件，便会多一份自信，积跬步可以至千里。

灵魂已被绑架：老师，如果在外面遇到一个让自己眼前一亮的女生，你想认识她，该怎么说、怎么做才能使双方不那么尴尬？

乐嘉：直接走上前，直接开口说！你的内心要想象“她也正在等着我走过去认识她”。

young8765：乐嘉老师，我刚刚问了孟（爷爷）一个问题，现在我想问下您，您对“剩女”这种现象怎么看？

乐嘉：很正常，十年后无人再问这个问题。时代的发展，很多观念都会改变。

蒋旭东_小二：乐嘉老师，在你眼中什么是完美的爱情？

乐嘉：天下没有完美的爱情。

轩辕妃子：红色性格的我，如何走出失恋阴影？

乐嘉：任何爱情的痛苦，在时间面前终会散去……

梁闯2010：乐嘉老师，我很好奇：你的口才是如何练成的？思维敏捷的人才会像你一样吗？有没有什么捷径来达到这种境界？谢谢！

乐嘉：《卖油翁》中最重要的一句话就是：无他，唯手熟耳。如欲取捷径，你可考虑以后不用吃饭了，天天去吊葡萄糖，营养更均衡!

Sam李小幂:乐嘉老师，怎么样才能挖掘最真实的自己?

乐嘉：首先要有勇气，因为挖掘自己，首先必须承认自己的虚弱!

小天堂堂：乐嘉老师，如果有爱你的人和你爱的人，你最终会选择谁呢?

乐嘉:和爱我的人结婚，和我爱的人远远地“偷情”。

木头斯基:为了无法达成的人生梦想继续坚持下去，有意义吗?

乐嘉：堂·吉诃德的快乐在于他相信他的梦想可以达成，如果坚持梦想的过程让你感觉快乐，你可以继续坚持。

袁梦醒:你能谈谈对“命中有时终须有，命中无时莫强求”这句话的理解吗?

乐嘉:正所谓“有心栽花花不开，无心插柳柳成荫”。此话的关键是“强求”。凡过度执着者，必定失望，故无须太用力。

断了——心弦：以前和一女生关系很好，后来没交往了，现重新相遇，总有点怪想念的感觉，是喜欢上她了吗？

乐嘉：因为当时没有得手，或得手不彻底，此刻只是希望圆你当初未完成的梦想。

还不着调：有时候你明明知道有些人即使牵手也不会有结果，为什么不给忠告？

乐嘉：当你喜欢一个人时，我告诉你这个人不适合你，你会听我的吗？哈哈，你最多表面上尊重我一下，心里想的是："咱先做了再说，实在不行再分吧。"理智在情感面前，多数时候不堪一击。

蝶恋花 vivi：当身边的人和最爱的人都不理解我还冤枉我，我该沉默吗？我要怎么做！

乐嘉：好做法是：1. 心平气和地解释和说明（可用书面方式）。2. 不解释，通过时间向对方证明。坏做法是：1. 心高气傲，不屑解释，期待总有一天他会后悔并向你道歉。2. 大吵大闹，让对方认错。

小妮莎：爱上你怎么办？

乐嘉：可远观不可亵玩，可意淫不可真淫……

随性的小狮子：对于不被社会认可的男女之间的致命吸引，您怎么看待?

乐嘉：社会的标准会改变，人性的真实和本能无法改变，只要当事人彼此认同互相吸引，两人珍惜这份感情就好。只是为了保护彼此，要适当尊重社会标准，这样会让自己好过一些。没必要搞得很悲壮，并且通过这种悲壮来体现自己的伟大，因为社会的标准是需要时间来进化的。

俪俪的笑：乐嘉老师，以你的看法，现在社会上的拜金思想会不会随着时间的推移越变越严重，甚至到无法收拾的地步?

乐嘉：盛极必衰，物极必反。此乃天道。

性格色彩培训学院课程介绍

线上课程

“乐嘉性格色彩入门”60 讲

最快且最全面进入博大精深的性格色彩学的首选路径。助你快速进入性格色彩的世界，初探性格色彩的基本概念，快速掌握性格色彩在职场、交友、婚恋、亲子等各领域的应用。

“乐嘉性格色彩恋爱宝典”40 讲

市面上有太多书籍或课程，提供给你种类繁多的恋爱方法和技巧，但只要你掌握了性格色彩，就能一通百通。既能拨开自己在恋爱过程中的所有迷雾，也能让你秒变为朋友的情感顾问。

“乐嘉性格色彩婚姻宝典”40 讲

婚前、婚后，你都需要它。如果还未结婚，如何选择适合自己性格的伴侣？如果已经走入围城，是否有方法让性格迥异的人找到最佳相处之道？答案就在其中。

"你们的性格合不合"55 讲

不同性格的人相处时会碰撞出不一样的火花，遇到的问题也有所差别。通过大量性格碰撞的典型案例，了解不同性格的搭配规律，以及各种性格的相处模式。

线下课程

● **跟乐嘉学性格色彩（3 天 3 夜）**

零基础即可参加的性格色彩专业课程，结合理论与实战，乐嘉老师运用他超凡的功力，让你在短短三天内获得深刻体验，脱胎换骨。

▶ 专业学习——从性格色彩的基本概念到运用心得，乐嘉老师以及资深导师们给你第一手的资讯、最实用的干货。

▶ 实战指导——有机会得到资深导师们的精心培育和乐嘉老师的亲自点评，如果你对性格色彩感兴趣，如果你有问题要解决，这门实战课程不可错过。

● **跟乐嘉学演讲（4 天 4 夜）**

无论你是演讲菜鸟，还是演讲达人，这门课程都可以让你在舞台上拥有超凡魅力，走上超级演说家之路。

▶ 突破自身演讲局限——你可能不知道，你所有演讲中的问题都与你自身的性格有关，洞悉性格奥秘，可以帮助你克服演讲中的所有问题。

▶ 塑造你的演讲风格——不同性格的演讲者，适合的演讲方式不同，唯有这门课程，可根据你的性格为你量身打造属于你的演讲风格。

台上台下皆江湖

乐嘉　性格色彩传道者

性格色彩创始人 / 演说家 / 演讲教练 / 电视主持人 / 图书主编 / 作家

1975 年生人

居无定所，讲学江湖

性格色彩创始人

- ▶ 2001 年，创立“FPA® 性格色彩”，创办中国性格色彩培训中心，为不同类型的组织提供培训咨询，将性格色彩学的应用，延伸到企业的各层面，曾经服务过的客户包括国企、外企、民企、政府及各类非营利性机构。
- ▶ 2003 年，“FPA® 性格色彩”用“动机论”代替了“行为论”，标志着“FPA® 性格色彩”与其他性格分析体系的正式区分。
- ▶ 2008 年，奠定了性格色彩“洞见”“洞察”“修炼”“影响”四大专业方向，共同构成性格色彩学最重要的四大支撑体系。
- ▶ 近年来，培养出上千名活跃在各地各行业的性格色彩认证培训师、性格色彩认证演讲师和性格色彩认证咨询师。
- ▶ 同时担任上海大学悉尼工商学院、上海大学温哥华电影学院、西北大学经管学院和河海大学的客座教授，不定期为EMBA、MBA、MPA、MFA及各类总裁班举办培训。

演说家

- 自1996年开始踏上演讲舞台，二十余年演讲生涯中，国内外大小演讲超过两千场，直接受众超过两百万。
- 演讲风格极富现场穿透力和感染力，加之天生的激情和高超的舞台表演技巧，塑造出讲台上前所未有的风格。他能将复杂的心理学理论以戏剧化且震撼心灵的手法呈现给观众，被誉为“思想性与表现力共存的天才演讲家”。
- 演讲主题围绕性格色彩应用的各个领域，举凡与人相关之处，无所不包，覆盖面广泛。
- 比较有影响力的大型演讲包括：自2011年开始，每年选择部分大学开展“嘉讲堂全国大学校园巡回演讲”；2011年，在国家行政学院大讲堂，有700位来自各地的厅局级以上领导干部共同参加了培训，是国家行政学院有史以来规模最大的一次专家讲座。2012年，在悉尼市政厅，完成了澳洲最大规模的华人演讲；在温哥华剧院，完成了加拿大最大规模的华人演讲。2015年，在剑桥大学彭布罗克学院，做了剑桥历史上听众人数最多的一次华人演讲。

演讲导师

- ▶ 创办六字真言演讲训练学院，开创了“六字真言演讲训练法”。能短时间内迅速提升个人演说能力，强化舞台上的个人影响力，拥有随时随地即兴演讲的能力，还可以让每个人的演讲都触动人心。
- ▶ 长期担任全国各类企业家演讲大赛、公务员演讲大赛和行业演讲大赛的评委团主席，是上海青年创业家的培训总顾问，也是团中央举办的“全国中学生演讲大赛”及“全国中学生辩论大赛”的评委团主席。
- ▶ 自 2014 年开始，在安徽卫视的《超级演说家》和北京卫视的《我是演说家》中连续六季担任演讲导师。

电视主持人

▶ 2010—2013 年　江苏卫视相亲交友节目《非诚勿扰》嘉宾主持

该节目连续三年创中国综艺节目收视率第一。作为成名之作，乐嘉自此蜚声海内外，以犀利的点评在电视屏幕上独树一帜，家喻户晓。

▶ 2010 年　深圳卫视《别对我说谎》主持人

乐嘉做独立主持人的处女作，心理探究真人秀节目。

▶ 2011 年　江苏卫视《老公看你的》信心主判官

夫妻默契博弈秀。

▶ 2011 年　江苏卫视《不见不散》导师兼心理专家

恋爱纪实节目，国内首档真正意义上的户外真人秀节目。

▶ 2013 年　深圳卫视《夜问》主持人

一档专门为性格色彩打造的综艺谈话节目，以综艺谈话为皮，传播性格色彩为瓤。

▶ 2013 年　央视综合频道《首席夜话》主持人

名人访谈节目，主要收视群体为企业家、高知、政府公务员。

▶ 2013—2015 年　安徽卫视《超级演说家》导师

《非诚勿扰》后，最能展现乐嘉才华的节目，以无与伦比的实力，证明他是中国最具电视表现力的演讲导师。

▶ 2014 年　北京卫视《妈妈听我说》主持人

中国第一个凸显儿童话语权的亲子节目。

▶ 2014 年　安徽卫视《超级先生》主持人

男性魅力真人秀。

▶ 2014—2016 年　北京卫视《我是演说家》导师

《超级演说家》姊妹篇。

▶ 2015 年　优酷视频《双擎·独嘉秘笈》主讲人

史上第一个性格色彩脱口秀节目，共 12 期，每期 10 分钟。

▶ 2015 年　央视综合频道《了不起的挑战》常驻嘉宾

央视第一个大型户外明星挑战真人秀。

▶ 2016 年　北京卫视《长大成人》成长导师

在珠峰录制的十八岁少年成人礼，是迄今为止全球录制海拔最高的综艺节目。

- ▶ 2016 年　北京卫视《跨界喜剧王》表演嘉宾

充分展现了乐嘉跨界的才华和喜剧表演的天赋。

- ▶ 2016-2017 年　湖北卫视《你就是奇迹》嘉宾主持

全国首档大型创投节目。

- ▶ 2018 年　腾讯视频《超凡小达人》主持人

《美国达人秀》的中国儿童版，荣膺亚洲多媒体艺术创意大奖中国区最佳儿童节目。

图书主编

创立性格色彩图书中心，致力于通过各个角度普及和传播各方人士的性格色彩研究成果和运用心得。

其中，“色界”是乐嘉亲自主编的第一套大型性格色彩应用书系。书中每篇文章的作者都是来自全球各地的性格色彩传道者，通过运用性格色彩这一工具，都在事业和生活上取得了卓越的成效。

已经出版：

- ▶ 2014 年《色界——活得舒坦并不难》
- ▶ 2015 年《色界——说话说到点子上》
- ▶ 2016 年《演说家是怎样炼成的》
- ▶ 2016 年《100 倍的人生智慧——性格色彩观电影》

▶ 2017 年《色界——和谁都能聊得来》

▶ 2018 年《性格色彩品红楼》

▶ 2018 年《性格色彩品三国》

▶ 2018 年《原罪——一个心理咨询师的死亡背后》

作家

国内实用心理学领域最有影响力和销量最大的作家。在当当网“图书—人文社科—心理学”分类中，由于他的贡献，史无前例地开创了“性格色彩学”分类。迄今，已出版作品总销量逾 700 万册。

▶ 2006 年《色眼识人》

性格色彩关于性格分类的必读基础书，全面地阐述了四种性格的优势和弱点，是所有性格色彩著作的奠基石。

▶ 2010 年《色眼再识人》

在《色眼识人》的基础上，继续深度分析四种性格的弱点和每种性格潜藏的内心动机。与前者合二为一，可初步完成对四种性格色彩的了解。

▶ 2011 年《跟乐嘉学性格色彩》

性格色彩最简易的漫画版入门读物。

▶ 2013 年《本色》

史上首创“自剖录”文体，通过 20 个不同角度的凶狠凌厉、刀刀入骨的自我剖析，向读者展现并且示范了如何通过洞见自我来获得内心真正的力量。

▶ 2015 年《写给单身的你》

想恋爱的人用这本书脱单，找到合适的人；正恋爱的人用这本书学习良性相处；不想结婚的人用这本书化解外界压力，享受自己的生活；已婚者用此书读懂彼此。

▶ 2016 年《淡淡》

乐嘉遭遇意外事故后不幸蛋碎，以此为契机，本书详细描绘了一个男人如何面对尊严践踏并涅槃重生的全过程。全书随处流露出乐观与豁达的态度，激励人们面对困难与挑战，从容勇敢，淡然以对。

▶ 2017 年《跟乐嘉学性格色彩Ⅱ》

性格色彩最简易的漫画版入门读物。

▶ 2018 年《三分钟看透人心——性格色彩卡牌秘籍》

本书揭秘了性格色彩学的镇山之宝——“性格色彩卡牌”的原理和使用。

▶ 2018 年《写给恋爱的你》

继《写给单身的你》之后，乐嘉性格色彩情感三部曲的第二部，堪称性格色彩恋爱宝典。

▶ 2020 年《小乐子的人生智慧 2》

乐嘉生命感悟小随笔，有思想、有故事、有趣味，阅读轻松的马桶读物。

- ▶ 2020 年《“色”眼看世界——乐嘉性格色彩杂谈》

性格色彩专业随笔。包括文化、世相、职场、情感四章，未入门者，会觉得读起来门道神奇，不明觉厉；稍入门者，读起来如饮甘饴，玄妙无穷。

- ▶ 2020 年《有一种约定无须记怀——乐嘉性格色彩情感随笔》

性格色彩情感随笔，包括 16 篇随笔散文。

图书在版编目（CIP）数据

小乐子的人生智慧．1 / 乐嘉著．—杭州：浙江文艺出版社，2020.1
ISBN 978-7-5339-5857-2

Ⅰ.①小… Ⅱ.①乐… Ⅲ.①杂文集－中国－当代 Ⅳ.①I267.1

中国版本图书馆CIP数据核字（2019）第221668号

责任编辑 金荣良
特约编辑 苑浩泰
装帧设计 鹏飞艺术

小乐子的人生智慧1
乐嘉 著
出版 浙江文艺出版社
地址 杭州市体育场路347号
邮编 310006
网址 www.zjwycbs.cn
经销 浙江省新华书店集团有限公司
制版 鹏飞艺术
印刷 北京天恒嘉业印刷有限公司
开本 960毫米×640毫米 1/16
字数 134千字
印张 15.5
印数 00001-10000
版次 2020年1月第1版 2020年1月第1次印刷
书号 ISBN 978-7-5339-5857-2
定价 39.80元

团购电话：0571-85064309